CONTENTS

CROSS NOVELS

CONTENTS

カーストオメガ 帝王の恋

CASTE OMEGA
EMPEROR'S LOVE

華藤えれな
ELENA KATOH

ILLUST
八千代ハル
HARU YACHIYO

CROSS NOVELS

1　帝王との再会

あの人は帝王だった。いや、神だった。

そして……魔王でもあった。

「はじめまして。今日からこの学校に編入する明石尚央《あかしなお》です」

声がうわずっている。けれどインターフォンを見つめ、できるかぎり美しい英語で言う。

明石尚央——と、つい母の姓を口にしてしまったのは、今もまだ英国の姓を名乗るのに気おくれしているせいだ。

ロンドンから車で一時間ほど北北西にむかった川沿いの学生街。

出発前からずっと白い霧《きり》が周囲を包みかくしている。

むかえの車に乗ってこの街までやってきたものの、霧のせいでここがどういう場所なのかまだよくわからない。まるで白い檻《おり》に閉じこめられているようだ。逃げ場のない空間に。

(だから……さっきから息苦しいのかな……)

それとも、この真新しい制服がまだ身体になじんでいないせいなのか。

緊張をしずめようと大きく息を吸い、シャツの襟もとを少しだけゆるめたそのとき、重々しい音を立てて目の前の扉がひらいた。どくん……と鼓動が大きく脈打つ。

「お待ちしていました。どうぞ、なかへ。理事長たちがお待ちです」

黒いスーツ姿の男性にうながされ、建物のなかに入っていく。

一歩、足を踏みいれると、石造りの建物特有のひんやりとした空気に包まれた。ほんのりと感じる黴臭《かびくさ》さ。広々としたロビーの上方の窓には薔薇《ばら》の形のステンドグラスがあるようだが、薄暗くてよくわからない。

今日から新年度が始まったはずだけど、まだ生徒の姿はひとりも見ていない。この建物には、尚央と職員以外、誰も存在していないかのようだ。シンとした空間に、靴音《くつおと》だけが大きく反響して不安をあおられる。

英国で、一、二を争う名門の全寮制パブリックスクール――。

入学できるのは英国貴族で、アルファの子弟のみ。しかもハイレベルな試験基準をクリアした者だけ――という少数精鋭の、まさに「選ばれたもの」のためのエリート校である。

「こちらが理事長室です」

廊下を進んだ先――学舎一階の奥にある部屋に案内される。

重厚感のある家具、ホテルの広間のようなシャンデリアに目がくらみそうになる。

広々とした部屋の中央のソファには、理事長、校長をはじめ、役職についている職員が集まっていた。室内はアールグレイの香りとスコーン、それにパンケーキの甘い香りでいっぱいだ。さっきまで理事たちの午後のティータイムだったのだろうか。

(そういえば……イーサンからもいつも紅茶の香りがした)

ベルガモットの混じったこのアールグレイの香りは、大好きな従兄《いとこ》──イーサンとの思い出をよみがえらせる。

子供のころ、一緒に楽しんだアフタヌンティー。イーサンが好きだったラズベリーとカスタードクリームを挟んだ女王陛下《ヴィクトリアン》のサンドイッチケーキが尚央も大好きだった。

イーサンがこの建物のなかにいる──と思ったとたん、いてもたってもいられない気持ちがあふれそうになる。

尚央は息を殺し、心のなかで懸命に自分に言い聞かせた。

（おちつかないと。そう、ちゃんと冷静にならないと……今までの努力がむだになってしまう）

一歳年上の従兄ではあるが、先月、尚央は伯父の養子になったので、イーサンは義理の兄ということになった。

彼が在籍しているこのパブリックスクールに編入するのは、尚央の長年の夢だった。

あこがれてあこがれて、焦がれて焦がれて──ようやくこのクィーンストン校への編入を許された。

歴史と伝統、格式のあるこのクィーンストン校は、よほどのことがなければ編入など認めてもらえない。今もまだ信じられないほどだ。

けれどその喜びが広がる一方で、イーサンがどう思うのか──胸の奥にはずっと不安が影を落としている。

四年以上、会っていない。彼は、昔のままなのか。それとも変わってしまったのか。

試験を受けるまでは、勉強に励むことでいっぱいいっぱいだった。合格の連絡を受けたときはうれしくて飛びあがりそうな気持ちになった。

けれど、その夜から寝つけなくなってしまった。

イーサンがどう思うだろう、喜んでくれるのか、それともどうでもいいと思っているのか。

そんなことを、ああでもないこうでもないと考えているうちに目が冴えてしまって、なかなか眠れない、という日々が続いている。

もしかすると、そのせいで、さっきから息苦しい感じがしているのかもしれない。

「――どうしました？　青い顔をして。緊張していますか？」

案内してくれた職員が心配そうに声をかけてきた。

「……っ」

ハッと我にかえると、こわばった顔の自分が壁にかかった鏡に映っていた。

すっかり萎縮《いしゅく》している。迷子になった子供のようだ。

少し茶色がかった黒髪、くっきりとした大きな目。英国人の父親と日本人の母親を持ったハーフというのもあり、ここの生徒のなかでは一番小柄かもしれない。

「尚央？」

「あ、はい、大丈夫です」

それとわからないように軽く深呼吸し、尚央は静かに答えた。

大丈夫だなんてうそだ。本当は怖い。逃げだしたい。

だけどここの生徒になる以上は、そんな弱さや愚かさを見せてはならない。いずれ支配者側の人間になる――それにふさわしい優雅さと品性を保たなければならないのだから。

やがてノックの音とともに低い声が聞こえた。

「――失礼します」

澄んだ湖を流れる風のような声だ。鼓膜に触れるだけで、ひんやりとした透明な水を飲んだみたいな気持ちになる。その声だけで尚央の鼓動は高鳴ってしまう。どくんどくんと、シャツの下が騒がしく脈打ち、背筋がふるえた。

静かにドアを開け、一人の生徒が理事長室に入ってくる。

イーサンだ――――。

「新しい寮生を迎えにまいりました」

一瞬で部屋の空気が明るい華やかさに包まれる。

四年半ぶりに会う従兄――その姿に、尚央は息をするのも忘れて見入った。

すらりとした長身に燕尾服《えんびふく》スタイルの制服がよく映える。十三歳から十八歳までが所属する名門校の純白のシャツやリボンタイが彼の上品な風貌を引き立てていた。

「イーサン、ここにいるきみの義弟だが……」

「はい、準備はすべて整っています」

「さすがだな、きみに任せれば安心だ。なにせ我が校きっての秀才だ。生徒代表――ヘッドボーイであり、最高の監督生――プリフェクトでもある……」

彼らの会話を聞きながらも、胸の奥から湧《わ》いてくるあふれそうな衝動を必死におさえ、尚央は四年半ぶりに会う従兄の姿をじっと見つめていた。

最後に会ったのは、彼が十四歳、尚央が十三歳のときだった。

ほっそりとしたあごのラインと上品な目鼻立ちは以前のままだ。さらりとした前髪、一見、他人をよせつけなさそうに感じられる蒼《あお》い眸《ひとみ》も変わらない。

でも印象が少し違うような気がする。当時は、まだ線の細さの残る美しい貴公子といった感じだった。身体が薄くて、手足がすらっと長い少年といった感じの。

少しアンバランスな、不安定な感じの繊細さがただよっていたのに、今では凛とした優美な青年になった。それだけでなく、立っているだけで他者をひれ伏せさせてしまうような帝王然としたオーラすらまとっている。

正式な名前はイーサン・ニコラス・ハルフォード・アレン。

英国北部ヨークシャー地方に広大な領地を持つアレン伯爵家の一人息子である。

尚央は、彼の父親の弟——叔父の息子、つまり従弟《いとこ》にあたる。——といっても愛人の日本人女性との間にできた子供なので、なかなか正式に認めてもらえなかった。

父が亡くなったのもあり、尚央はイーサンの父親の養子となった。

というのもイーサンの次、尚央の父親が伯爵家の第二位の相続者だったため、彼の死によって自動的に尚央がその役目を引きつぐことになったからだ。正式な伯爵家の一員として内外に認めさせるため、保護者となってくれた。

それもあり、このパブリックスクールに編入できる条件の一つ——正式な英国貴族という点をクリアできた。

もちろん、さらに編入試験に合格しなければならなかった。

他の学校ならもっと楽に編入できたけれど、さすがに英国一のこの学校に入るのは大変だった。

イーサンのそばで暮らしたい、ほんの少しでいいから——ただただその気持ちだけで必死に勉強し、編入試験に合格した。

そのせいか、本物のイーサンを見たとたん、これまで封印していた想いが一気にあふれて胸が痛い。なつかしさや愛しさや淋しさや狂おしさ……。それをこらえるのも辛い。

「では、そろそろ彼を寮に……」

イーサンが尚央に視線をむけたそのとき、校長がハッと思い出したように話しかける。

「そうだ、イーサン、きみの論文だが、先日、アメリカのエコノミックジャーナルで最優秀賞に選ばれたそうじゃないか。大学生だけでなく大学院生たちもおさえて。すばらしいね」

「ありがとうございます、先生方のご指導のおかげです。なにより勉強のみに専念できるこの学校の校風に心から感謝しております」

これ以上ないほど美しい英語の発音とともに、イーサンは上品なほほえみを見せる。その笑みも透明な風のように清々《すがすが》しい。

彼は昔からこういうセリフをさらりと口にする。当然のように。いつも完璧だ。

礼儀作法、言動……その振る舞いのすべてが教科書に記されているもののようだ。

「きみが優秀なのは学業だけではない、ピアノもコンクールで入賞、クリケットや乗馬、ダンスも巧みだ。すべての生徒たちのあこがれ、模範……」

なおも彼をたたえる校長に、イーサンは笑顔を崩さずに答える。

「ぼくはただ目の前の課題に必死にとりくんでいるだけです。それに……優秀といえば、今日から編入する義弟のすばらしさにはかないません」

イーサンがちらりと尚央に視線をむける。

「……っ」

視線があい、こみあげてくるものに目頭が熱くなる。

「さすがにきみの親族だけあって尚央くんの成績はすばらしい。編入試験は全科目満点だったよ。それにヴァイオリンの実力も」

「はい、国際コンクールで優勝する実力者です。伯爵家の誇りでもあります」

イーサンの優雅な笑みに、釣られたように理事たちも笑みを浮かべる。

誇り。そんなふうに言われると、ああ、がんばってよかった、としみじみ思う。

「では、これから彼を寮に……」

「ああ、たのんだよ、寮でのルールを始め、学園の規則について、くれぐれも」

「承知しております。規則に従い、彼も特別あつかいは致しませんので」

ここでは兄弟、従兄弟《いとこ》といった親族がいたとしても特別な配慮はない。全員、同じルールのもとで過ごす。上下関係は、絶対に守らなければならないとされている。

「それでは、これで。夕食の席で寮生に紹介する予定です」

イーサンは時計をいちべつしたあと、尚央に視線をむけた。夕食は午後六時からだ。あと二時間ちょっとしかない。

「——荷物は、それだけ？」

イーサンは挨拶《あいさつ》もなにもせず、機械的に問いかけてきた。

「はい、大きな荷物は迎えの運転手が運んでくれました」

よかった、思ったよりも自分の声が落ちついていることにホッとする。

「それは？」

眉をひそめ、イーサンは尚央の横に置かれた楽器ケースに視線をむけた。

「ヴァイオリンケースです、それからこちらは学生鞄《かばん》です」

「手助けは？」

「必要ありません」

「そうか。わかった。では行こう」

尚央はヴァイオリンケースを背負うと、理事たちに一礼し、イーサンのあとに続いた。

後ろに立つと、以前からの身長差がさらに開いていることに気づく。

頭の高さ、首の細さ、肩のライン、それに腰の高さ。神々しいほどのスタイルだ。同じ制服を着ているのに、別世界の生き物のように思える。

ここに自分がいていいのか、また不安の波が胸のなかでさざなみ立つ。

けれど、尚央はすぐに自分に言い聞かせた。たった一年しかない彼との学校生活だ。一秒でも大切にしたい。恐れるのも怯《おび》えるのも時間の無駄だ。もったいない。

いよいよ始まる、ここでの生活が。卒業までがんばろう。なにがあっても——。


「——こちらへ。寮に案内する。きみはぼくと同じキングス寮だ」

学舎の外に出ると、イーサンは石造りの回廊を通りぬけ、赤レンガに蔦《つた》の絡まった古いチャペルの方向にむかった。

さっきまでの霧が晴れ、雲間から顔を出した太陽が上空からふりそそいでいる。きらきらとした陽の光がうっすらと濡れている芝生をまばゆく輝かせていた。

この季節、午後五時くらいではまだ上空には青空が広がっている。緑に包まれた美しい学校の全貌が尚央の目の前に広がっていた。

(すごい……夢のように綺麗だ)

緑の芝生。細い小川が流れている。田園風景のような小さな石造りのボート小屋が建ち、水辺には黄色や白の小さな花が競うように咲いていた。

映画やドラマに出てくる英国の伝統的なパブリックスクールのキャンパス。まさにそれが現実のものとなって目の前に広がっているのだ。

「学生たちの寮――ハウスは、この三角屋根のチャペルのむこうだ。毎朝、朝食のあと、チャペルで八時四十分から礼拝がある。授業は九時からだ」

親族としてのあいさつもなく、イーサンは必要最低限の説明をしながら寮への道を進んでいく。

「あそこにある図書館は生徒なら自由に使える。消灯時間の十時まで。自習室もあるので試験前には有効に利用するといい。そして図書館の横にあるのが我々のハウス――キングス寮だ」

英国式の庭園のむこうにテューダー様式の切り立った三角屋根の建物が見える。

今日から尚央の暮らす寮だ。この学内でも上位の成績の特待生だけを集めたエリート中のエリートが暮らす空間。

「この学校には、上級生、下級生、それぞれ六つずつ、合計十二の寮があるが、すべて成績順にふりわけられている。学校で授業を受けるクラスもそうだ。それぞれクラスによってバッヂが違う。そしてたとえ同学年であっても上位の寮の人間に下位の寮の生徒から話しかけることはできない」

うわさには聞いていたが、話しかけることすら許されないなんて……今の社会にこんな世界が存在することにびっくりする。

そのとき、玄関ホールの正面階段に、一人の学生の姿が見えた。

「……イーサン、彼が例の編入生？」

少し制服を着崩した金髪の学生が降りてくる。長めの金髪にアンバー色の眸をした典型的な貴族の若様といった風情の学生だった。黒のスタンダードなベストをつけたイーサンと違い、彼は華やかな赤いベストを身につけている。

「そうだ、以前に話していた義弟の尚央だ。正式には従弟だが。……尚央、彼はジェームズ。監督生の一人で、この寮の寮代表——ハウス・キャプテンをつとめている。最高学年の学生だ」

「よろしく、尚央。へえ、ずいぶんかわいいじゃないか。小柄で華奢《きゃしゃ》で、オメガのようだね」

ジェームズが手を差しだしてくる。この人が寮代表か。イーサンは生徒代表なので、ここの寮代表ではないのだろうか。そのあたりが少しわからない。

「よろしくお願いします」

ひんやりとした大きな手。そういえば、まだイーサンとは握手もしていないことに気づいた。

「小柄なのは日本人の血をひいているからだ。だが伯爵家の血をひく英国籍のアルファだ」

「わかってるよ。それ以外の人間はこの学校には入れない。そして……この寮にはとりわけ優秀な学生しか入寮できない」

「そうだ、一点の曇りも許されない。それがここのルールだ」

「窮屈な世界だな。それもエリートアルファの宿命ってやつか」

皮肉げに呟《つぶや》きながらジェームズが去っていく。

イーサンはまた無言のまま、階段をのぼり始め、尚央はあとに続いた。

――オメガのよう……か。

たしかにそう言われることが多い。この少女めいた顔立ち、小柄でほっそりとした体格のせいで、初対面の人間でアルファだと気づく者はまずいない。

今、世界には男女の性のほかに、アルファ、ベータ、オメガという三つの性が存在する。

イーサンやさっきのジェームズ、そして尚央の性は、アルファにあたる。

アルファはこの世界の支配階級に属し、人口の一割ほどを占めている。各国の王族や貴族、政治家、財閥などが多い。

ベータは最も一般的な性で、男女比も人間としての能力も平均的で、この世界で一番生きやすい。世界の大多数がベータである。

そしてオメガ。第三の性といわれるオメガは、男性しか存在せず、アルファの半分にも満たない、ごくごく少数の性である。

オメガは他のアルファやベータの男性と、外見的に大きな違いがあるわけではない。強いてあげれば、やや小柄で、ユニセクシュアルな感じがするだけだ。

ただオメガには大きな違いがある。男性であっても女性のように妊娠出産のできる特殊な肉体を持つのだ。

尤も相手は「つがいの契約」をしたアルファ性の者だけ。「つがいの契約」はアルファがオメガの首筋を噛むことで成り立つ。オメガは特定のアルファと「つがいの契約」を結んでしまうと、その相手の子供を妊娠するようになる。

　ここ最近、原因はよくわからないが、アルファの男女間に子供が生まれにくくなり、オメガはアルファの子供を産むことができる存在として必要不可欠になっている。

　出生時の性別検査で、どの性なのかが調べられ、オメガはそれぞれの資質にふさわしい寄宿学校に入学することが法律で決められている。というのも、思春期になると三カ月に一度、激しい発情期に襲われるからだ。

　自分では抑制できず、特別な薬で発情の熱を冷ますか、あるいはアルファと性行為をするしかない。もしどちらもできなかった場合、熱に耐えきれずに死んでしまう者もいるとか。

　そうした肉体の特徴から、オメガは生殖のためだけに存在するとして、長年、社会のなかで不当なあつかいを受けてきた。

　今ではずいぶんましになったが、支配階級にいるアルファが子孫を作るためにはどうしてもオメガが必要なので、さまざまな保障や保護がある代わりに、自由に就職をしたり結婚したりすることは許されない。

　一方、別の意味でアルファも大変だ。

　つがいの契約をしていないオメガは、発情期のフェロモンによってアルファの性衝動を刺激してしまう。抑制できないほどの衝動らしく、オメガを強姦する事件も多い。欲情のまま、オメガを襲ってしまうと逮捕される。

　それもあり、オメガはオメガ専用の学校に。ベータはベータ専用。

そしてアルファも婚姻ができる十八歳までは全寮制の学校に入って徹底したエリート教育を受けるか、自宅で家庭教師、もしくは少人数のプライベートスクールに通ってオメガから隔離されることになっていた。

（ぼくはまだ性衝動というものを経験したことがない。だからオメガを前にすると、自分がどうなるのかわからないけれど……自分が誰かを抱くなんて想像もつかない）

アルファであっても、きっとこのまま性的に未成熟ではないのかと思う。

ただアルファでよかったとは思う。こうしてイーサンと同じ学校に通えるのだから。夢のようだ。

アルファ――といっても、尚央の母親はオメガではなくベータだった。

国際的に活躍するロンドン在住の日本人チェリストで、父親はそのパトロンだった。

『まさか彼との間に子供ができてしまうなんてね。安心して、愛人をしていたのに……とんでもないことになったわ』

母は口ぐせのように言っていた。ごく稀《まれ》にオメガ要素の強いベータの女性がアルファの子を妊娠することがあるらしい。尚央の母はそうだった。

『まさかベータの愛人から、アルファの子が生まれるとはな。正妻にも、つがいにしたオメガにも子供なんてできなかったのに』

こちらは父の口ぐせだ。尚央はどちらからも愛されていない予想外の子供だった。伯爵家の次男が日本人との間に作ったやっかいもの。けれど皮肉にも父には尚央しか生まれなかった。

その父も亡くなり、結果的に、伯爵家にいるアルファのなかでは、イーサンにつぐ二番目の相続人となった。

（別に……財産も爵位も欲しくないけど……イーサンのそばにいられるのはうれしい）

両親がいない未成年では誰かに相続権を利用されるかもしれないのもあり、尚央はイーサンの父親にひきとられ、養子となった。

「——尚央、きみの部屋は三階の一番奥だ」

イーサンは三階へと階段をのぼり、廊下を進んでいった。

部屋は学生寮らしく窓を中心にそれぞれ片側の壁にシングルベッドが置かれ、勉強机、書棚、クローゼットが置かれている。

すでに尚央の荷物も届けられ、書棚の前に置かれていた。廊下から入ってすぐのところに扉があり、シャワールームと洗面所、トイレがあった。

「ここが今日からきみの部屋だ。規則や時間割は資料を読んでいると思うが、一応、デスクの上にある冊子を確認するように」

「はい」

「部屋にある学習用のタブレットは、調べ物などのネット検索は可能だが、電話やメールは禁止。家族とは、緊急の場合のみミーティングルームの電話かパソコンで連絡するように。外出も前日までに許可をもらう決まりだ。大きな休暇はクリスマスと復活祭、あとは夏休みだ」

「わかりました」

「SNSの利用をした生徒は、内容の有無を問わず退学だ。法に触れることをした生徒も。もちろん、生徒間での恋愛も禁止だ。見つかれば、即刻、退学になる」

同性のアルファ同士の恋愛は世間でもタブーだ。だからこの想いは絶対に表には出せない。

従兄弟同士であり、義兄弟でもあるイーサンと尚央。この世界のなかで自分は誰よりも彼に近い位置にいられる。それだけで十分幸せだ。

「隣の部屋は音楽室だ。廊下に出なくても、ここの扉を開ければ、そのまま出入りできる」

イーサンはベッドとは反対側の壁にある扉を開いた。

窓のない小さな部屋に、ピアノが置かれている。音楽大学にあるような、防音設備の整ったレッスン室だ。

なかに入り、扉を閉めると、外の音が一瞬にして遮断される。空気の圧も変化し、耳や皮膚に防音空間特有の圧迫感が伝わってきた。部屋の中央にはグランドピアノ。上品な黒のスタインウェイだ。

「防音の音楽室だ。きみは自由に使っていい」

「いいんですか?」

「当然だ。音楽で一流になる。それも編入の条件だろう?」

確かにここへの編入は国際コンクールで優勝した一芸が認められたのだ。もちろん伯爵家の一員であることと、編入試験の成績が合格点に達した上でのことだが。

「特別あつかいされているわけではない。ここは、それぞれの資質に合わせて部屋を改装してもいい決まりになっているだけだ」

尚央はこれまでずっと家庭教師に学んでいた。何度か地元のプライベートスクールに通ったことはあるけれど、寄宿生活は初めてなのでとても緊張している。

「すごいですね。寮に専用のレッスン室があるなんて夢のようです」

真ん中に立ち、尚央はぐるりと部屋を見まわした。

そんなに広い部屋ではない。壁にはソファと小さなテーブル、椅子《いす》、譜面台《ふめんだい》があり、小さな楽譜用の棚もある。

「そして、この音楽室のむこうが、ぼくの部屋だ」

「え……イーサンの部屋が？」

音楽室は二つの方向から入れるようになっていて、反対側にも同じような扉があった。

「そうだ。もともと、ぼく専用の音楽室だったが、きみも自由に使えるようにした。ふたりの共有スペースだ」

「じゃあ、音楽室を間にはさんで……隣室に？」

思わず顔をほころばせてしまいそうになる。もちろんバカ丸出しなのでまじめな顔を崩さないようにはしているけれど。

「そういうことになるな」

「ここからだと外がどうなっているのかまったくわからないですね」

「ああ。ほかの生徒の勉強を邪魔してはならない。だからここでの会話も絶対に外には聞こえない」

「そうなんですね、ちょっとホッとしました」

尚央は口元をほころばせた。するとイーサンは眉を寄せ、少し不機嫌そうに尚央を見つめたあと、いきなり頭を抱えて首の根元に腕を巻きつけ、はがいじめにしてきた。

「え……っ」

驚く間もなく、ぐいっと引きあげられ、身体が浮いたようになる。いきなりのヘッドロックに心臓が止まりそうなほどびっくりして、尚央は変な声をあげた。

「ひ……あわっ……イ……イーサン……？」

爪先立ちのような姿勢でバタバタしている尚央のこめかみを、イーサンは拳《こぶし》で突いてきた。

「さっきからなんなんだ、おまえってやつは」

突然のスラング混じりの言葉に、尚央は「え……」と小首をかしげて振りむこうとした。しかし後ろから巻きつくように抱かれているので身動きが取れない。

「ちょ……どうしたんですか、急に」

「そう、その話し方だ、気持ち悪い、やめろ」

吐き捨てるように言われ、尚央はぎょっとした。

「で……ですが、下級生は上級生に敬語というのが決まりだって」

「ここでは普通に話をしろ。何のための防音だ」

「わ……わかったよ……やめるよ」

するとイーサンはパッと尚央から腕を離した。足が踵《かかと》まで床につき、ほっと息をついた次の瞬間、今度はいきなり抱きあげられた。

「あ……っ！」

ゆりかごのように前後に揺らされたかと思うと、イーサンはその場でくるっとまわった。思わず尚央はイーサンにしがみついた。

「何だ、この軽さは。身体もめちゃくちゃ薄いじゃないか」

あきれたように言って、イーサンは尚央の身体をソファに下ろした。

やれやれと尚央は肩で息をついたあと、おかしくてクスッと笑った。するとサンは隣に座り、そのまま尚央にのしかかって子供のようにじゃれてきた。

「あいかわらずわんこみたいだな。めちゃくちゃかわいい」

「ちょ……ちょっ、イ、イーサン……っ！」

このいきなりの行動。昔と変わらない。ふだんの表情ひとつ変えないクールビューティーから一変し、イーサンは尚央と二人だけになると、いたずらっこのような悪ガキに豹変《ひょうへん》する。

この突然の変貌に触れたとたん、一気に離れていた時間が縮まった気がして胸が熱くなってきた。

そう、そうだ、イーサンはこうでなければ。

「もうっ……イーサン、人が変わりすぎ」

くすくすと尚央が笑うと、ようやくイーサンは身体を退けてふつうにソファに座った。じっと尚央を見つめたあと、髪に手を伸ばしてきた。

優しく撫で撫でされると、胸がきゅんとする。たったこれだけのことで天国にのぼったようなふわふわした気持ちになってしまう。自分は本当にバカみたいにイーサンのことが好きらしい。

「……よくきたな」

しみじみと言われ、わーんとその場で泣きだしたい気持ちになったが、がんばって堪え、尚央はできるだけ上品な笑みを作った。

「うん、やっと入れたよ」

そのとき、イーサンのベストの生地に気づいた。同じ黒なのに、よく見れば生地が違う。

（そうか。色や柄ではなく、生地で遊んでいるのか）

目立たないように、監督生らしく、他の生徒とは違うベストを身につけている。イーサンは、生まれたときから、すでに特別な存在として大切に育てられてきた。そのせいか、反対にそうした特別あつかいを受けることが好きではなかった。だからベストに無地の黒を選んでいるのだろう。

「あれからもう四年半……か。よくここまできた。さすがだな」

イーサンに褒《ほ》められると、目頭が熱くなる。「わーん」とまではいかなかったが、眸がほんのりと潤み、尚央は鼻をすすった。

「背は伸びたようだが、細さも薄さも重さもまったく変わってない。ちゃんと食べているか？」

イーサンに出会うまで、尚央はまともに食事ができない子供だった。だから当時から、尚央が食事をしているかどうか、いつもとても気にしていた。

「今はちゃんと食べているよ。細いのは……さっきイーサンが言ったみたいに日本の血を引いてるから。きっと骨格が違うんだよ」

「そんな細さで、よくヴァイオリンが演奏できるな。体力いるだろう？」

イーサンは今度は尚央のつむじを、グーをした手でぐりぐりとしてきた。これも昔から変わらない。くすぐったくて思わず払いのけたが、イーサンはなおも楽しそうに拳の骨ばったところでつむじに刺激を与えてくる。

「体幹《たいかん》、しっかりしてるから。それより……イーサン……どうしたの、変わりすぎだよ」

尚央が抵抗をあきらめると、ようやくイーサンがぐりぐりをやめてくれる。

「変わってない。おれは昔のままだ」

そう、昔のままだね。その尊大な態度、綺麗な肌、蒼色の眸、絹糸のような金髪は——。

「あ……変わりすぎというのは、ここでの姿と学校内での姿のことだよ」

「当たり前だ。ここでは生徒代表でもあり、監督生でもある。帝王は帝王らしく振る舞わないと」

つややかに微笑すると、イーサンはまた美しい英語で言った。

「でも、そうした振る舞いが必要なのは、ここだけじゃないだろ。一族が集まる席でも、イーサンは帝王を演じないと」

「どこでだって演じてやるさ。伯爵家の後継者として生まれた以上、死ぬまで」

死ぬまで――――。当然のように言う彼の横顔を尚央は見つめた。

「大変……だね」

どう言えばいいのかわからず、そんな言葉が口から出ていた。

「バカ、大変なのは尚央も一緒だろ」

イーサンは舌打ちし、尚央のあごに手をかけた。鋭い目をむけながら、低く沈んだ声で言う。

「おれにもしものことがあったら、伯爵家を継ぐのは……おまえだろ」

わかっている。だけど、もしもだなんて……考えたことはなかった。

「そのときは……おまえが伯爵になるんだ。日本の血を引きながら、英国有数の貴族の頂点に立つ。できるか？」

考えたことがない。自分の人生からイーサンの存在がなくなるなんてありえない。彼がいなくなったら自分も死ぬ。彼がいないなら、自分にとってこの世界は必要ない。だけど。

「わかった……努力する」

そう答えた。この学校に入るということは、それも覚悟することを意味しているからだ。

「ぼくの次は、遠縁のビクター……それから……何人かいたっけ」

父方の遠縁で、二十代後半のアルファが数人いる。子供のとき、パーティで会った人もいるけれど、個人的な交流はない。

「ビクターは父の秘書をしている。他の数人も研修医や弁護士など、優秀なアルファもいるが……あくまで傍系だ。現時点での直系は、父、おれ、そして尚央。まずはこの順番が優先される」

爵位も会社も財産も興味はないのに優秀なアルファをさしおいて、自分が第二位の相続権を有していいのか。そんな不安もあるけれど、自分がいることでイーサンを支えられるのなら、精一杯、帝王の義弟の役割をつとめなければと思う。

アルファの同性同士の恋愛は許されない。どんなにイーサンのことが好きでも、一生、胸に秘めなければいけない想いだ。

尤《もっと》も、もともと尚央はイーサンの恋人になりたいと考えたことはない。そばにいられたらそれでいい。義弟として受けいれてくれるだけで幸せだから。

この先、伯爵家のため、彼が誰と結婚しても、どこかのオメガと「つがいの契約」をして子供を作ったとしても。ちょっとは切ないかもしれない。いや、多分、かなり辛いだろうけど。

「イーサンだなって感じで、ほっとする。その表と裏の顔……」

「表も裏もない、この顔だけが本物だ」

イーサンは何の迷いもなくさらっと言った。

「ただし本物の自分は、尚央の前でしか出さない」

空の色のような美しい眸にじっと至近距離で見つめられると、一瞬で胸が高鳴る。ドクドクという胸の音をごまかそうと、とっさに尚央は視線をずらした。

そんな言葉、口にしてないでほしい。それだけで涙が出そうなほどうれしくなってしまう。きっと今の自分は尻尾《しっぽ》を振って、ご褒美を与えられている犬のようだろう。

(本物の顔は、ぼくの前……だけか)

初めて会ったときもそうだった。ふたりきりになったとたん、いきなり人格が変わってしまってびっくりした。

凛々《りり》しい優等生から、やんちゃでいたずらっ子のような少年、そしてちょっとした暴君。

尚央にとって、イーサンは「神」のような存在だが、その二面性のことは、心のなかで天使のイーサンと魔王のイーサンと呼んでいる。

完璧な優等生を演じている大多数を前にしたときの天使のイーサンもかっこよくて好きだけど、自分の前でだけ見せてくれる、ちょっと意地悪で、イタズラ好きで、歪《ゆが》んだ部分をあらわにしている魔王のイーサンも大好きだ。

「学内にいる間は、この部屋でしかできないが、休日には、またアフタヌンティーを用意しよう」

「え……するの？」

「したくないのか？」

尚央は大きく首を左右に振った。

イーサンとのアフタヌンティー？　したいに決まっている。

昔、イーサンが食べさせてくれた女王陛下《ヴィクトリアン》のサンドイッチケーキは今も忘れられない。お菓子は甘くておいしいものだと初めて実感したときのことだ。

またできる、またイーサンとできる。そう思うとうれしさのあまり、小躍りしたい気分になった。

このままイーサンの手をとって、いきなり踊りだしたら、どんな顔をするだろう。

「ほんと、尚央、うれしそうだな」

イーサンの目には、犬が尻尾を振っているようにでも見えている気がする。

「だって、あんなに楽しいこと……なかったから」

イーサンの夏の休暇のとき、ふたりでボートに乗ってアフタヌンティーを楽しんだ。

他には、チキンとハーブのサンドイッチとじゅくじゅくのポーチドエッグが大好きだった。

かりかりもちもちの果物たっぷりのパンケーキや苺《いちご》とブルベリーのサマープティングは、イーサンがスプーンで食べさせてくれた。

クリスマスと復活祭の休暇のときはボートではなく温室だった。野菜と肉を巻いたベーコンソーセージ、クリスマスのプラムプディング。ドライフルーツとマジパンのシムネルケーキ、十字架をモチーフにしたホットクロスパンや卵を連想させる復活祭チョコ……。

いろんな行事にちなんだお菓子や食事をイーサンは尚央に教えてくれたのだ。

会わなくなってからの日々——彼と一緒に食べたアフタヌンティーのメニューをどれだけ一人でくりかえし、食べてきたことか。一人でボートに乗って、彼とのことを思い出しながらアフタヌンティーごっこをして淋しさをまぎらわせていたのだ。

「……と、その前に、まだ、夕食まで時間があるな。話がある」

イーサンは腕時計をちらっと見たあと、立ちあがって譜面台に置いてあった小型のタブレットを手に取った。

「話って?」

「大事なことだ」

尚央に背を向けたまま、画面をスクロールして、なにかを探している。一体、何だろう。不思議に思ってソファに座ったまま、尚央は前に身をのりだして後ろからのぞきこもうとした。

すると、くるっとふりむき、イーサンが不機嫌な顔で、タブレットをつきだしてくる。

「どういうことなんだ、説明しろ」

いきなりの怒り交じりの口調に、わけがわからず尚央は画面に視線をやった。舞台でヴァイオリンを演奏している尚央の姿だ。

「……これって、この前のモスクワの国際音楽コンクールの動画だよね？」

ラウンド2——最終決戦ではなく、二次予選のときの動画だった。

「これ、見てくれたの？」

恥ずかしいけれどうれしい。このコンクールでいい成績をとれば、イーサンに会える、同じ学校に編入できる——と思うと、自分でも信じられないほどのパワーが発揮できた。

「ライブで見た。一次、二次、最終、発表、入賞者コンサートもすべて。でも……このクライスラーはいまいちだな。いかにも審査員に好まれそうな優雅な演奏だが、おまえには合っていない。こっちのほうがおもしろい」

イーサンは別の動画に切り替えた。サラサーテが編曲した「カルメン幻想曲」が流れてくる。ちょっと調子に乗ってエネルギッシュに演奏しすぎてクライスラーよりも評価は低かった。

「情熱的で、焔《ほのお》のようだ。なのに最終決戦のチャイコフスキーは微妙だった。技術的にはパーフェクトだが、おまえなら、もっとクレイジーでロックな演奏ができただろう」

「あのね……」

尚央は呆れたように苦笑した。

たしかに出会ったころの尚央はもっと破天荒な演奏をしていた。でもそれでは予選を突破することもできない。個性的すぎるとして切り捨てられてしまう。

「まあ、コンクールはこれくらいまとまったほうがいいだろう。それにしても、あの尚央がこんなお利口さんな演奏をするとは……」

「それ、褒めてないよね？」

「ああ」

イーサンは形のいい口元に酷薄な笑みをきざんだ。

「だが、一応、褒めておく。このロシアのコンクールで優勝するなんて……」

イーサンが出ろと言ったから出たんだよ。十一歳のときだ。ここで優勝したら、編入できるから……と。それ以来、ずっと目標にしてきた。

「あ、でも一般じゃなくて、ユース部門だから。十五歳から十八歳までの」

「ユースのなかでは一番権威のあるコンクールだろ」

そうだ、だからそのコンクールに出た。優勝したら、ここに編入できるのがわかっていたから。

「プロデビューの話もあったんじゃないのか？」

「でもきちんとパブリックスクールを出ておきたかったから」

その後は、リーズの音楽大学に進学しようと思っていた。けれど彼の次に相続権を持つ者として、伯爵家の事業に加わったほうがイーサンの役に立てるならそのほうがいい。

「天才だと書かれている」

今度は新聞のページを開き、イーサンが画面を見せてくれる。

「……違うよ、努力の賜物《たまもの》だ」

天才ではない。死に物狂いで努力した。たったひとつの特技だ。スポーツができるわけでもない。絵が描けるわけでもない。ただチェリストだった母のおかげで、幼いときから音楽にだけは触れてきたので、他のことよりもやりやすかった。

それに自分も音楽は好きだ。一日中練習しているのも苦ではない。でも芸術家として特別な才能があるとは思えない。特に表現したいことがあるわけでもなく、人前で演奏をするのも好きじゃない。誰かに聞いてほしいとも思わない。

ただ弾《ひ》いていると自分が気持ちよくなれるし、ピアノをやっているイーサンと同じ趣味を共有できる。ただそれだけだ。

でも、この特技をうまく生かせばパブリックスクールに編入できる。そうすればイーサンに会える。そう思って必死にやってきたのだ。クィーンズイングリッシュが話せるのもそうだ。編入試験が満点だったのも。全部全部、ここに入りたかったから。

「勝手だよ、父も。それまで冷たくしてきたのに。今では父の自慢の養子だ」

「しかたないよ」

「まあ、成績もおまえほど優秀なやつはいないし、当然といえば当然だけど」

このコンクールで優勝したのをきっかけに、伯爵家の人たちが急に優しくなった。周囲の様子ががらっと変わったのだ。

「いいんだ、どんな形でも認めてもらえたのなら」

「あいかわらず無欲だな。……で、それとは別に、おれへの謝罪は？　一番に謝るべきだろ」

タブレットを元の場所にもどすと、腕を組み、イーサンは不機嫌そうに言った。

「謝罪って？」

「どうして謝らない」

まったく見当がつかない。この四年半、尚央は伯爵家に認められなかったのもあり、イーサンとは会えずにいた。もちろん連絡もとれなかった。

「ごめん、わからない、理由を言って」

キョトンとしている尚央をイーサンはさらに鋭い目で見つめた。

「冷たいやつだな。どうしておれに伴奏をさせなかった？　一次予選と二次予選、こんな知らないやつを伴奏者に使って」

一瞬、彼がなにを言っているのかわからなくて、尚央は目をパチクリさせた。しばらく彼の言葉を頭のなかで響かせ、ようやくハッとした。

どうしておれに……ということは。

「あの……イーサン……もしかして……ぼくの伴奏……したかったの？」

伴奏はヴァイオリンの先生の紹介で、プロの伴奏ピアニストを目指している音楽大学生が担当してくれたのだが。

「したかったの……だって？　まずは、おれにたのむべきだろ」

「……どうして」

イーサンはグイッと尚央の襟元をつかんできた。

「つまり、おれにはまかせられない、おれのピアノだと満足できないと思ったのか」

とんでもない。本当はイーサンに伴奏をたのみたかった。けれどそんなことパブリックスクールで監督生をしているイーサンに依頼することなどできない。コンクールのための練習も必要だし、なによりも期間中、ずっとモスクワに拘束してしまうことになるのだから。

もっとも……イーサンならどんなことをしてもやってくれたかもしれないけれど。

「あの……イーサン……ごめん……でも無理だから、そんなこと」

口ごもりながら謝ると、尚央から手を離し、イーサンは乱れた襟元を直してくれた。

「すまない、こちらこそ乱暴にして」

「それはいいけど……でも……普通に考えたら、イーサンにたのめるわけないだろ。学校が許可するわけないじゃないか」

「でも……たのもうという姿勢は欲しかった」

拗《す》ねたように言うイーサンに、尚央は思わず笑みを浮かべた。この人のこういうめんどくさいところがすごく好きだ。そんなことで怒ってしまうなんて、あまりにも可愛いくて抱きつきたくなる。

ほおにキスして、ありがとう、うれしいと言いたい気分だ。

でも多分、イーサンが伴奏をしたら、コンクールには優勝しなかったと思う。

その時点で「イーサンに会いたい」と言う目的が達成されるわけだから闘争心や執念が湧いてこない。どうしても勝ちたい。一位になってイーサンの学校に行く。その一念だけで、自分でもどうにかなってしまったのではないかというくらいの集中力とパワーが出せたのだから。

「イーサンの伴奏なんて……考えもしなかったよ。おそれおおくて」

「おれには、遠慮するなと言ってあるだろう」

責めるように言われ、尚央は彼の手をとった。細く長い指、とても綺麗な指をしている。

「遠慮じゃない、本心だよ。イーサンのピアノ、すごく綺麗で、大好きだよ。だから一緒に演奏しているいると幸せな気持ちになる。でも、コンクールの伴奏をたのむ気持ちにはなれないんだ」

「どうして」

闘争心がなくなるほかに、もうひとつ、イーサンに伴奏を頼みたくない理由がある。

「ぼくの打算に利用したくなかったんだ。コンクールの目的は、この学校への入学条件を得ることだった。一芸を認めてもらいたくて。そんな自分の願いのために……イーサンを利用するなんて」

彼は自分には神聖な存在だ。特にピアノを弾くときは魔王のイーサンからは想像もできない透明感のあるイーサン。まるで天使が現れたのではないかと思うほどだ。薔薇色の虹《にじ》がかかった天国。そこにいるだけで幸せになれる。

「そんなのはどうだっていい。すばらしい演奏をし、審査員も観客も感動して評論家も大絶賛。それがすべてだ。おまえの内側なんて関係ない。だから動機がなんであろうと恥じるな」

尊大な言い方だったが、その奥に優しさを感じ、胸の奥がキュンとした。

「おれだってそうだ。どんな気持ちで演奏しているかなんて誰も知らない。わざわざそれを知らせる気もない。耳にした人間がどう受けとるかは、聴く者の権利だ。あるのはそれだけだ」

きっぱりと言われ、たしかに、と納得する。

「うん、そうだね。打算がどうのなんて、ぼくの勝手な理由だもんね」

薄くほほえんだ尚央の髪をイーサンがくしゃっと撫でる。

「純粋に喜べばいい。コンクールもだけど、編入試験、全科目満点だったなんて。すごいな。満点なんておれもとったことはないのに」

「イーサンが取れと言ったからがんばったんだ。伯爵家にも迷惑な存在じゃなくなるだろうし」

「迷惑なんて。それどころか誇りだ。それにしても……コンクールの件といい、試験の件といい、もっと自慢してもいいのに。まあ、でも尚央のそういうところは好きだよ。いや、好きというより……正しくは嫌いだな」

「え……嫌いって……どうして」

「正直に言えば、ムカつく、腹が立つって感じだけど」

「ぼくにムカつくの？」

びっくりして尚央は裏返った声で問いかけた。

「ああ、おれより優秀だから」

尚央を抱きしめ、ひたいにキスをしてくる。あくまであいさつのキスだけど、尚央にとっては胸が高鳴ってどうしようもないような瞬間だ。

ふわっと彼から漂ってくる紅茶と薔薇の香り。それだけで胸が締めつけられて泣きそうになった。会いたくて会いたくてどうしようもなかった大好きな人とようやく会えた。何度も胸の底から、同じ喜びが湧き起こってくる。

「そろそろ夕食の時間だ。食堂で紹介する」

尚央から離れると、イーサンはちらっと時計を見た。

「外では、いっさい特別あつかいはしない。食堂で紹介したあとは、おれから話しかけないかぎり、おまえからは声をかけられない」

「……わかった」

「学内で自由に話ができるのは、この音楽室にいるときだけだ。ここでは自由にレッスンしていいが、午後十時半の消灯時間のあとは練習禁止だ。他に用事がなければ、午後八時からできるだけここでレッスンしろ。時間をみつくろっておれも顔を出す」

なんて幸せなのだろう。一日に一度でも、ふたりで過ごせる時間があるなんて。

「この学校は徹底した身分社会となっている。わかっていると思うが、編入生でもあり、日系の血をひくおまえは……カースト最下位だ」

カースト最下位――。大丈夫、最初からわかっている。この国の貴族社会では、日系の血をひいているというだけで、尚央はいつでも最下位なのだから。

「それでも、おれの義弟だ。表立ってなにかしてくる者はいないだろう。しかし裏でなにがあるかは誰にもわからない」

いじめや嫌がらせくらい覚悟している。くる前に、予行演習をしておいた。映画や本を読み、パブリックスクール内でのイジメについてちゃんと調べたのだ。頭のなかでシミュレーションし、先に最悪のケースを脳内体験し、どんなことでも耐えられるよう自分を訓練しておいた。

だから平気だ。などと、本当のことを言ったら、イーサンに引かれてしまうかもしれない。自分でもちょっとばかり気持ち悪いやつだとは自覚している。

「尚央、いいな、なにをされても、なにを言われても、自分を見失うな。常に自分という人間への誇りを失わず、堂々とふるまえ」

すでにイーサンは、外の顔――帝王の顔になっている。

「わかった。そうするよ」

なにがあってもかまわない。イーサンの名前を貶《おとし》めるようなことはしない。彼の義弟――その誇りのためなら。

「では、食堂に行くぞ」

気持ちを強く持とう。カースト最下位を覚悟しよう。と思っても、本当は緊張で足がふるえそうだ。怖い。それでも堂々としなければ。がんばろう、なにがあっても。

自分に何度もそう言い聞かせ、尚央はイーサンのあとに続いた。

2　女王陛下のサンドイッチケーキ

空気がざわめいているのがわかった。

一階にある大きな広間。とても天井が高い。ステンドグラスの窓があり、シャンデリアの灯った広間は、石造りの古城か修道院の広間のような雰囲気だ。

細長いテーブルにずらっと生徒たちが座っている。

「今日からキングス寮に入る尚央・ハルフォード・アレンです。特待生クラスで学ぶことになります。

寄宿学校は初めてなので慣れないことも多いと思いますが、どうぞよろしくお願いします」

自分でも完璧と思える英語で自己紹介ができた。

「尚央、きみのテーブルは右端だ。空いている席につきなさい。では、私はこれで」

イーサンはそう言うと、監督生たちのテーブルへとむかった。

「あれが編入生？　例のうわさの……」

「イーサンの従弟だっけ？　たしか不肖の叔父がチェリストの愛人に産ませたという……」

「今では、義弟らしい。あれでイーサンに継ぐ伯爵家の第二相続人だ」

あちこちで囁《ささや》きあう声が聞こえる。さわさわ、さわさわとした葉ずれのように。幸か不幸か、耳がいいせいでどの会話もクリアに飛びこんでくる。

同学年用のテーブルの一番右端に空いている席があった。

「よろしく」

尚央はそこに座った。

「初めまして。同じクラスのロビンだ」

むかいに座ったふたりの生徒があいさつしてきた。甘いはちみつ色のふわふわとした髪、同じ色の眸をした明るい雰囲気のさわやかそうな青年だった。

「よろしく」

「ぼくはクリストファーだ。クリスでいい」

「ああ、ぼくとクリスは双子で、ぼくが弟。ロンドン郊外南部出身なんだ」

まったく同じ顔をしているけれど、兄のクリスのほうは髪がさらっとしていて、ちょっと気が弱そうな雰囲気だ。弟のほうが明るい感じだ。それにしてもふたりともこの学校の生徒で、スカラークラスとは……。

「よろしく、ぼくはソニーだ。きみと同じ、音楽が得意だ」

隣に座った生徒は、栗色《くりいろ》の巻き毛に茶色の眸。メガネをかけた神経質そうな印象だ。

「それで軍はなにを？」

この学校では、軍事訓練も授業の一つになっている。海軍、空軍、陸軍を自分で選択するのだが、イーサンは陸軍を専攻しているようだ。

「健康診断で引っかかって……」

日本の血を引いているせいか、ほかのアルファよりも筋肉も骨格も未発達で、体力もあまりないため、軍事訓練は免除ということになっていた。それよりもヴァイオリンの活動をメインにするようにと入学前にもらった説明書に記されていた。

「たしかに体格的にちょっときつそうだね、きみは」

ロビンがちょっと肩をすくめる。

よかった、みんなの態度にへだたりがない感じがしてホッとする。

全員が席についたあと、夕食のメニューが運ばれてくる。前菜のサラダ、にんじんのスープ、ローストビーフ、温野菜、マッシュポテト。それにソーダブレッド……。

前菜のサラダを食べようと、尚央はフォークに手を伸ばした。

「え……」

先端がポロリととれ、音を立てて床に落ちていく。突然のことに尚央は呆然とした。最初から壊れていたのだろう。わざと誰かがここに置いたのだ。

生徒たちの視線が一斉にそそがれ、くすくすと笑う声も聞こえてきた。

「新しいのを用意します」

給仕が近づいてきてフォークを用意しようとすると、誰かの「日本人は箸《はし》じゃないとダメだろ」とからかうような声が響いた。

「……もしかして……箸のほうがいいのですか？」

とまどいがちに給仕が問いかけてくると、小さな笑い声があちこちで湧き起こる。ロビンとクリスが困ったような顔をしている。ソニーは興味もなさそうに黙々と食事をとっていた。

「いえ……フォークでお願いします」

「わかりました」

「へえ、ちゃんと使えるんだ」

どこからともなく揶揄《やゆ》が聞こえ、尚央はあきれたように息をついた。

「くだらない」

尚央はボソリと呟いた。

「くだらなすぎる。フォークが使えない生徒がここに編入できるのなら、クィーンストン校のレベルもしれたものだね」

小声で言ったつもりだったが、予想外に響いてしまったのか、食堂がシンと静まり返る。

「尚央、反感、かうよ」

心配そうに身を乗りだし、ロビンが囁く。クリスも不安そうな顔をしている。

「そうだよ、無視したほうがいい……きみはそれでなくても目立つんだから」

「日本の血を引いているから？」

問いかけると、双子同士で目を合わせたあと、ロビンのほうが首を左右に振った。

「それもあるけど、イーサンの親族ってことが一番大きいと思う。なにせ帝王だからね」

「そう、それだけで嫉妬の対象になる。気をつけて」

王ではなく、帝王なのはどうしてだろう。と疑問に思いながらも、この優しい双子がそわそわと心配しているので、尚央は「わかった。気をつける」とおとなしく返した。

するとソニーがそっと耳打ちしてきた。

「きみは異質な要素をたくさん持ちすぎているからね。いじめの標的にされないように」

淡々とした口調で、周りには聞こえないように。冷たそうだけど、いいひとかもしれない。

「ありがとう」

少なくともここにいる三人は信頼できそうだ。よかった、すぐにそういう生徒に出会えて。そう思いながら食事を終える。食後はそれぞれ寮や図書室へと分かれていく。黒い燕尾服の形になった制服が風に揺れ、煉瓦《れんが》色のテューダー朝の建物の間を歩いていく姿は一枚の写真か絵のようだ。

「……」

そのなかにひときわ目立つ集団がいる。好きなベストの着用が許された監督生たちの集団だ。

その中央にいるイーサン。他の生徒たちが赤や青色に刺繡《ししゅう》や柄の入ったベストをつけているのに、イーサンだけは、生地だけ上質な黒のベストを身につけている。

華やかな集団のなかで、その黒が奇妙なほどストイックに見え、反対にイーサンを浮き立たせているように見えた。レッスン室以外では、尚央から彼に話しかけることはできないのだが、その様子を見ていると、こちらから話しかけるなんてとても無理だ。

(それでも……うれしい。ここにくることができただけで)

最初から、学内で親しくしようという気持ちはない。同じ学校で、そばにいられるという幸せで胸がいっぱいだ。明日からは授業が始まる。成績を保たなければ。

寮にもどって荷物の整理をし、勉強とヴァイオリンのレッスンもしよう。そう思って尚央は部屋の戸を開けた。

「――――っ」

奇妙な異臭。床がぬるっとして靴が取られそうになり、尚央はハッと動きを止めた。

明かりをつけると、ドレッシングのようなものが戸口の前の床に広がっている。室内にガーリックのにおいが充満していた。

「……ここでもか」

尚央は窓を開け、床を拭《ふ》いた。扉の下の隙間《すきま》からでもながしこんだのだろうか。それとも誰かが合《あい》鍵《かぎ》を持っているのかもわからないけれど。

バカバカしい。誰がこんなくだらないことを……と思いながらも、多かれ少なかれ、明日からもなにかしらやられるのだろうと思った。

Bully――いじめには慣れている。子供のときからずっとそうだった。聖歌隊にいたときもこれまでのプライベートスクールも、どこでも標的になってきた。パブリックスクールでもそうなるだろうと覚悟し、先に映画やドラマで学習しておいた。

こんなのは想定内だ、いちいち驚かない、いちいち傷つかない――と尚央は自分に言い聞かせ、荷物のなかからアロマをとりだして、部屋にスプレーした。

甘い薔薇の香りが心地いい。その奥からほんのりとベルガモットの香りがにじむ。すーっと吸いこむと、目を瞑《つぶ》っていてもイーサンがそばにいるようで幸せな気持ちになる。

（大丈夫、たいしたことはない。ここにはイーサンがいるのだから）

尚央はレッスン室の扉を開けた。

イーサンと座っていた場所や彼のピアノがここにあると思うと、ぱあっと胸のなかに花が咲いたように幸せな気持ちになる。この世界から怖いものがなくなる。

大好きなイーサン。彼の近くにいられるだけでいい。ちょっとくらい嫌がらせをされても平気だ。友達ができなくてもかまわない。

楽しい学校生活を経験したくてここにやってきたのではない。ただ彼のそばにいたいというだけ。みんなは彼を帝王だと言うけれど、尚央にとっては神だ。恋というよりも愛というよりももはや信仰に近い。

実際、自分はイーサン教の信者だと思う。

（多分、そうなんだろうな。ぼくの世界に……他のことは……本当になにもないから）

尚央はヴァイオリンを出すと、調弦を始めた。

初めて会ったのは六年前の夏だった。尚央は十歳、イーサンは十二歳になる少し前だった。

あのとき、彼の信者になった――。

◇◇◇

「――尚央、いい？　今日からここがあなたの住む場所よ」

　子供のころ母に手をひかれ、大きなお城のようなお屋敷に連れて行かれた。

　九歳の夏だった。といっても、その日はどんよりと曇った空が広がっていた。

　風が吹き荒れている大地にはなだらかな丘になっている場所があり、小さなヒースの花が咲きみだれて紫色に染まっている。一方、すり鉢状の谷になっているところには水が溜《た》まり、池とも沼とも湿地ともいえないような感じだ。

「この先にね、あなたのお父さんのお屋敷があるわ」

「……？」

「正式には、お父さんのお兄さんの家だけど。今日からここで暮らすのよ」

　父がイギリスの貴族の次男だということは知っていたが、めったに会ったことがない。

　駆けだしのチェリストだった母。父はそのパトロンだった。

　日本からフランスに音楽留学し、そのままパリに残った母は小さな室内楽団に入り、サロンコンサートを中心の演奏活動をしていた。小柄でほっそりとし、さらさらとした艶やかな黒髪が綺麗だと評判のチェリストだったらしい。

　ある日、パリに遊びにきた父のリチャードから「ステージを見てファンになった」と声をかけられたのが付きあうきっかけだったとか。

リチャードは伯爵家の次男で、兄に次いでの爵位継承者でもあった。

母はロンドンの室内楽団に移籍し、リチャードとの甘く激しい愛の日々が始まった。

そうして三年ほど経《た》ったころ、母は尚央を身ごもった。

ベータの女性がアルファの男性との間に子をさずかるのは稀だ。それもあり、当初は別の男性との子ではないかと疑われた。

しかし遺伝子検査の結果、尚央はリチャードの子供だというのがわかり、性別検査でアルファだとわかった場合は、伯爵家で教育を受けることになっていたのだ。

それまでも父からの援助で家庭教師をつけてもらい、アルファ専門の学校に入っても学力に差が出ないよう、かなり熱心な教育を受けていた。

おかげでクィーンズイングリッシュも話せるし、六歳のときに受けた全国統一試験でもほぼすべてがグレードAだった。

母の勧めで教会の聖歌隊に入ったが、歌は好きではなかったのでまったく上達しなかった。だがチェロとヴァイオリンとピアノの演奏はそこそこできたように思う。

「伯爵家で暮らせるなんてすごいことよ。これからはエリートコースを歩んでいきなさい」

母はどうするのだろうと思って顔をあげると、すっと彼女は尚央から視線をずらした。

「私はすぐに出ていくわ。あなたは、アルファだから、この近くのプレップボーディングスクールに入ることになるでしょうね」

プレップボーディングスクールとは、小学生の年齢の生徒が在籍する私立の寄宿学校のことだ。

「あなたはあなたでがんばってね。ママは、これからは音楽一筋で生きていくね」

もともと両親にとって尚央は予想外の子供だった。

『まさか彼との間に子供ができてしまうなんてね。安心して、愛人をしていたのに……とんでもないことになったわ』

母の口ぐせだ。かなり後悔していたようだ。一方、父にとっては、尚央がアルファだということでそれなりに価値があるようだ。

音楽でのプロを目指す母は、結婚や子育てにはまったく興味はなく、尚央にやわらかな情愛を示すタイプではなかった。演奏会の前になるといつもピリピリとした、話しかけてはいけない空気が漂っていて怖かった。

そんなときは、尚央の食事や入浴の世話はせず、着の身着のまま、飢えたまま、熱が出ても放置。家庭教師とナニーがいたので、何とかことなきを得ていたが。

「——さあ、着いたわ」

野生的な風景の先に、そこだけが別世界になったような夢のような美しい場所があった。

母の目的地——アレン伯爵家のマナーハウスだった。

車に乗ったまま、城壁のような石造りの門のなかに入ると、野生的な荒野とは対照的にエメラルドグリーンの芝生が広がっていた。美しい庭園や運河、ボートの浮かんでいる湖のような池もあり、乗馬の練習場やテニスコート、プール、それに小さなチャペルまであった。

隣の敷地には、有名なゴルフ場と専用のゴルフ館もあるとか。

車の外に出ると、七月末なのに少し肌寒かった。

「夏なのに寒いわね。大丈夫？」

尚央は無言でうなずいた。

「本当に無口な子ね。泣きもしない。おしゃべりもしない。あなたが笑ったところは一度も見たことがないわ。まあ、そのほうがここでの暮らしにはむいているかもね」

「……」

「ヨークシャー地方はロンドンよりもかなり北にあるから、冬はかなり寒そうね。尚央、あまり丈夫じゃないから身体には気をつけてね」

気をつけて……と言いながらも、あまり心配しているようには思えない。

この日の母はとてもキラキラとしていた。ようやく重い枷《かせ》から放たれ、安心して本格的にプロ活動ができるのだという喜びに満ちているような気がした。


その日から伯爵家の一角にある離れが尚央の家となった。

「じゃあ、がんばってね」

荷物の整理が終わると、母は早々に出て行ってしまった。

愛人、さらには日本人ということで、伯爵家の使用人にまで見下された態度を取られたらしく、居心地の悪さに耐えられなかったと口にしていた。

父も母ももう愛情のようなものがなくなっていたのもあるだろう。

一度、それを感じさせるようなふたりの会話を耳にした。眠っていたとき、隣の部屋からの会話が聞こえてきて目が覚めたのだ。

『もう出ていくわ。あなたにはよくしてもらったけど子育ては限界。演奏活動に専念させて』

『仕事のことは協力する。それにしても……まさかベータの愛人から、アルファの子が生まれるとはな。正妻にも、つがいにしたオメガにも子供なんてできなかったのに』

『尚央が嫌いなわけじゃないの。頭もいいし、わがままも言わないし。ただよく熱を出して……仕事に穴を開けることになって……尚央さえいなければと思うことが多くて。このままダメになるんじゃないかと焦ったり不安になったりするとつい当たってしまって。何度も何度も叩いて……』

そうだった。尚央が熱を出すたび、『あなたさえいなければ』と泣いていた。

『あの子、音楽の才能があるのよ。多分……天才。ヴァイオリンがいいと思う。きっとすごい演奏家になるわ。さすがにアルファね。私とは違うわ。それがわかるだけに……余計に焦って……』

『それなら音楽の教育はこちらで何とかしよう』

天才――？　聖歌隊では他の子供たちに「下手だ」「日本人だからダメなんだ」とバカにされていたのに……音楽の才能があったとは。

『よかった、これでもう尚央を責めなくて済むわ。辛かったの』

父が去ったあと、母はホッとしたようにひとりごとを口にしていた。

母の暴力の原因は自分が熱を出したことだし、母がそれで気が済むならそれでいいと思っていた。相手から好かれたい、よく思われたいと思わなければ、なにを言われても、なにをされても心が動じることはないのだ。

ただようやく息子を手放すことができてすっきりしている母の顔を見て、尚央自身もホッとした。

もうこれで叩かれたり罵《ののし》られることはないだろう、と思って。

　その後、夏休みが終わったあと、尚央は近郊の寄宿学校に編入する予定だったが、面接でうまく会話をすることができなくて不合格となってしまった。

「学力試験はグレードAですが、コミュニケーション能力に欠けているみたいですね。面接での返事が簡単な単語だけでは点数をつけることができません」

　不合格を知らせにきた寄宿学校の職員が父にそう説明しているのを一緒に聞いた。

（たしかに……最低限の言葉しか口にしなかった……）

　どんな小説が好きかと訊《き》かれ、「読みません」と答えた。

　どんなスポーツが好きかと訊かれたときも「しません」と答えた。どんな食べ物が好きかと訊かれ、「わかりません」と答えた。

　聖歌隊での経験についても「歌えなかったのでやめました」と言って、ヴァイオリンの魅力と得意な曲についての質問には「演奏すると時間を忘れます」と答えた。母との思い出は「特になにも」、父をどう思うかについては「金持ち」、自分がアルファであることにどんな自覚を持っているかは「オメガと子供を作ります」と答えた。

　すべて本当のことを言ったのだが、どうも簡単すぎたらしい。情緒が欠落している、精神的に未熟、再教育の必要がある――と判断されて不合格。尚央は伯爵家の一角にある池の近くのコテージで家庭教師から寄宿学校に編入できるまで教育を受けなおすということになった。

「こんなに静かな子供は初めてだわ。なにを考えているかわからない。にこりともしないし、食も細いし、不健康そうね」

「だが、教えたことは一度で覚えるし、頭の回転も早い」

「それに音感は優れているよ。一回聞いただけで何でも演奏できる。ただ楽譜通りに演奏しているだけで、何の個性もないが」

乳母、家庭教師、使用人、音楽教師たちは尚央についてそう評価していた。

そこでの生活は、母との生活よりも好きだった。

父はほとんど訪ねてこなかったが、淋しいと感じることはなかった。

もともとずっとこんな感じだった。母に抱きしめられたこともないし、誰かに優しくされたこともない。小説やドラマで、家族愛や人間同士の触れあいについてはなんとなくわかっていたけれど、もともと知らなかったので、あえてそれを求めるような気持ちは芽生えなかった。

むしろ一軒家のような離れで、一人で一日中、ヴァイオリンを練習できる環境は尚央にとっては平和でおだやかで幸せなものだった。

ひとりというのは、心地よくて楽だ。叩かれることもなければ、責められることもない。ゆっくり眠れる。それだけでいい。

そんなふうに淡々と決められたことをこなし、一年が過ぎようとしていたある日、コテージの前の池の対岸に、綺麗な温室があることに気づいた。

伯爵家にはいくつか温室があるようだったが、そこはテーブルに飾る薔薇を中心とした薔薇園になっていた。

昔はガーデンパーティなども開いたのか、手入れのされていないテーブルセットや古いピアノが置かれている。年老いた庭師がやってきて薔薇の手入れだけして、時折、七分咲きくらいの薔薇を切って持っていく。そんな感じだったが、ある日、そこからピアノの音と歌声が聞こえてきて、尚央は不思議に思って近づいていった。

（何だろう、音楽が。誰だろう）

声が聞こえてくる前まで、夕立のような雨が降っていたせいか、芝生がぐっしょりと濡れていて、尚央の靴はびしょ濡れになっていた。

でも音楽が気になって足が止まらなかった。なかをのぞくと、ふわふわとした大型犬とすらっとした男の子がいた。

「……っ」

尚央よりも少し年上だろうか。金髪のほっそりとした少年がピアノの前に立ち、片手でピアノを演奏しながら賛美歌のような音楽を歌っている。

白いシャツに、紺色のズボン。どこかのプレップスクールの制服だろうか。足元にいる大型犬は秋田犬のミックスのようだ。

いつまでも太陽が沈まない夏の夕刻……。

ひんやりとした夕暮れどきの風が薔薇の香りを含んでほおを撫《な》でていく。

温室の天井に残った雨の雫《しずく》が夕陽を浴びてきらきらと黄金色に煌《きら》めいている。

その光がガラス越しに入りこみ、温室のあちこちに虹を作ったかと思うと、薔薇の花びらの水滴に反射し、温室全体を淡い光の膜へと包みこんでいく。

尚央は息をするのも忘れ、入り口に立ってその後ろ姿をじっと見つめたそのとき、反対側のガラスにうっすらとその姿が正面から映っていることに気づいた。

「……っ」

温室に入りこむ光がまぶしすぎてはっきりとは見えなかったけれど、この世のものとは思えないような、神秘的な美少年に見えた。

天使？　それとも人間？　その背に羽が生えているのではないかと思わせるような神々しさ。きっとここは天国なんだと思った。だから虹もかかっている。天使が歌っている。光と薔薇にあふれた空間に、しっとりとしたボーイソプラノが流れていく。

とてもなめらかで美しい旋律だ。伸びやかな彼の声が何重もの音の層を作り、温室全体へと広がっていく。きらきらと乱反射している太陽の光と触れあい、淡い光の円を作っている虹と溶けあい、地上を埋めている薔薇をそっと優しく包みこんでいる。

あまりのおごそかさに、尚央は自分の身体もみずみずしく浄化されていく気がしてとても気持ちよかった。そのとき。

「……っ」

目の奥がふいに熱くなったかと思うと、胸が内側からかきむしられたように痛くなった。

次の瞬間、ぽろり……と眸から涙が出てきた。

何だろう、このいてもたってもいられない嵐のような思い。

凍っていた氷河が崩れ落ちるように、ガラガラと音を立てて大きな波しぶきのようなものが胸からあふれだそうとするのがわかった。

「く……う……っ」

ぽとぽとと音を立てるように大粒の涙がほおを濡らしていく。

どうしようもない感情の破片が一気に胸から外へと飛びだす。そのあまりの勢いが怖いくらいなのに止めることができない。

「……っ」

たまらず濡れた芝生の上にひざから崩れおち、尚央は温室のガラスの壁に顔をうずめた。

声を上げず咽《むせ》び泣く。なおも聞こえてくる音楽に、魂が引きちぎられたような痛みを感じて尚央は肩をふるわせてしゃくりあげた。

淋しかった。本当は哀しかった。とても辛かった。ずっと気づかないように、ずっと知らないように、ずっと感じないようにと封印していた感情が、決壊したダムのように止まらない激流となって涙をこらえることができない。

そのとき、すっと上から影がかかり、なにかが髪に触れるのを感じてハッとした。

「——っ！」

尚央の髪を誰かの指が撫でている。いたわるような感じで。ふっと額に触れるひんやりとした体温の低い指先が心地いい。

ゆっくりと、静かに。音楽のように優しい動きで。

淡い黄昏《たそが》れどきの明るさに包まれながら、尚央は息をするのも忘れ、その手が触れる感触に身をまかせた。気がつけばピアノも歌も消え、シンとした静けさに包まれている。風のざわめきや鳥のさえずりも聞こえていたかもしれない。

けれど尚央の耳には何の音も聞こえず、ただささきまで温室に反響していた讃美歌《さんびか》だけが耳の奥でリフレインしている。その手の動きのせいだ。さっきの音楽のように、尚央の髪を撫でていくその手の動きに心も身体も癒《いや》されていくようだ。

「……っ」

また、ぽとりと涙が出てきた。

さっきのような激しい感情の爆発ではなく、ただただ静かに涙が流れていくのだ。そんな涙があとからあとから出てくるのを止められなかった。


「おはようございます。朝ごはんの時間ですよ」

気がつけば、翌朝だった。メイドに起こされるまで、尚央は我を忘れたように眠っていたらしい。

「…………朝……か」

昨日の彼は本物の天使だったのだろうか。それとも神だったのだろうか。あるいは聖母の化身だったのかわからないけれど。いや、あれは夢だったのかもしれない。

「……あら、ズボンの裾《すそ》が濡れていますね。靴も」

メイドの言葉に尚央はハッとしてベッドから飛び降り、出て行こうとする彼女に声をかけた。

「あの……伯爵家に……ぼくよりちょっと年上の男の子……いますか？　昨日、見かけて」

無口な尚央から話しかけられ、びっくりした顔でふりむいたメイドは「はい」とうなずいた。

「昨日はパーティがひらかれていたので、親族の子供たちも招待されていて……」

そこまで言って彼女はハッと顔をこわばらせた。親族なのに尚央が呼ばれていないことに気づいたからだろう。

「ぼくのことは気にしないでください。まだ正式に認められていないので」

昨日の彼が天使か人間か、あれは夢か現実か確かめたいだけだ。

「そうですね、当主の一人息子のイーサン坊っちゃまを始め、彼の学友、遠縁の坊っちゃまたちがたくさん……」

「イーサン坊っちゃまというのは……金髪？」

「え、ええ、尚央さまの一歳年上の従兄で、さらさらとした金髪の、それは綺麗なお方で、ふだんは寄宿学校に行かれていて、ここにはいらっしゃいませんが」

一歳年上。金髪で綺麗な少年。多分、昨日の彼はそのイーサンなのだろう。邸内の奥にある温室のピアノを演奏するなんて、ゲストや遠縁の子供たちでは考えられないから。

もう一度会いたくて、翌日、尚央はまた同じ時間帯に温室に行った。

しかし姿はなかった。やはり夢か幻でも見たのかと思ったが、ピアノの下にいた犬に気づき、尚央は顔をほころばせた。

「きみは……あのときの」

尚央のことをおぼえていたのか、犬が尻尾を振って近づいてくる。

もふもふとした可愛いこの犬は、昨日、彼の足元にいた大きな秋田犬だ。けっこうな老犬なのか、足がよれよれとしている。

手を伸ばすと、ぺろっと舐《な》めてきた。温室の薔薇もピアノもそのまま。しかも見れば、グランドピアノの上に楽譜が置かれていた。合唱曲の楽譜のようだ。

「ラフマニノフの典礼曲……エピクレーシス……か」

よくわからないけれど「Liturgy of St. John Chrysostom」の12と書かれている。

心が浄化されるような綺麗な旋律だった。とても神聖で、神々しかった。アカペラ用の曲だけど、ソプラノのパートを彼が歌い、あとのパートをピアノでアレンジしたのだろう。

また会えるだろうか。

庭師が去ったあと、尚央は毎日のように温室に忍びこみ、ヴァイオリンの練習をして過ごすようになった。

夕暮れどき、夕飯の時間までそこで過ごす三時間ほど。いつも犬だけはそこにいた。けっこうな老犬だ。動きがゆったりとしていてとてもかわいい。たいてい尚央の隣で眠っていた。

庭師のおじいさんの話では、イーサン坊っちゃまの愛犬とのことだ。

「その犬は、イーサン坊ちゃんが保護されたんだ。誰かが捨てていったみたいで。坊ちゃん、ふだんは寄宿学校なので世話は無理だけど、休みになると犬の世話をしているよ」

それ以外のときは温室周辺で放し飼いにし、おじいさんが食事などの世話をしているようだが、この温室で過ごすのがお気に入りだとか。

「その犬、けっこう人見知りで臆病《おくびょう》なんだが、尚央さまのことは気に入っているようだな」

それならうれしい。尚央は自分で作った首輪を犬につけ、もしかするとイーサン坊っちゃまが気づいてくれるかもという気持ちでそこにメモを挟んでおいた。

――あのときはありがとう。置きっ放しにしてあるので、楽譜、もらいます。

そう書いて挟んでおくと、ある日、メモがなくなっていた。

(気づいてくれたのかな。だとしたら……とてもうれしい。いつかまた会えたら)

それだけを胸に尚央はそこで練習するようになった。犬を唯一の観客に。

「温室は良くないよ。弦楽器に向いてない環境だ。それに音が植物に吸収される」

父がつけてくれた音楽教師はそんなふうに言っていた。

湿度があるので楽器にとってあまり良くないことだし、音が吸収されてしまうので響きもわかりにくい。それでも尚央にはそこが一番だった。ピアノはちゃんと調律がされていたので手入れはしてあったのだろう。練習していると、いろんな感情があふれて楽しかった。

あのとき、イーサン坊っちゃまのピアノと歌が琴線に触れ、それまで自分のなかで気づいているようで気づいていなかった思いをはっきりと自覚した。

母に捨てられた淋しさ。愛されなかった哀しさ。生まれて欲しくなかったと言われるときのやるせなさ。そんな思いがほとばしったのだろう。

彼の指に触れられたとき、ほんの少しでいいから誰かにこんなふうに優しくされたかったのだと初めて自覚し、涙が止まらなくなった。

哀しみ、孤独、激情、浄化、癒し、情愛……そんな感情を自覚したこの温室。だからここにいると、レッスン室では出せないような音が出せる。感情が解放されるのだ。

心が裸になっていく。身体にまとっているこの衣服のように、心を包んでいた鎧《よろい》のようなものがとれていく。噎《む》せるようなかぐわしい香りが心地いい。薔薇の海におぼれながら、あの天使のようなひとのことを思い出してヴァイオリンを練習する。

そのひとときが尚央にはどうしようもなく愛しいものに思えていた。

それから二年近くが過ぎた。

父からも母からもすっかり忘れ去られたように、尚央はずっとそこで一人で暮らしていた。

家庭教師、音楽教師、メイド数人、庭師のおじいさん以外には会うことがない。それでも何の不自由もなかった。ただもう一度、彼に会いたかった。

ここでヴァイオリンを演奏していたら会えるかもしれない——そんな思いから、家庭教師との授業時間が終わると、まっすぐ温室に行き、来る日も来る日もヴァイオリンを演奏し続けた。

あまりにがんばりすぎてそのまま失神し、犬が見つけて、庭師が医者を呼んだこともあった。

それからはずっと犬が番犬のように尚央のとなりで練習を聞くようになった。

でもクリスマスも復活祭も夏の休暇も、彼が温室に来ることはなかった。

そして——。

その日もいつもどおりの週末だった。ヨークシャー地方の天気は変わりやすい。ヴァイオリンケースを持ってコテージを出て、温室へと向かう途中、急に雨が降ってきた。

「うわ……っ」

あわてて温室に入ったものの、尚央の服はびっしょりと濡れていた。

ポロシャツが肌にべったりと貼《は》りついて気持ち悪い。下着も靴下も同じ。ケースに入っていたのでヴァイオリンだけは無事だった。

「まいったな」

尚央は衣服をすべて脱ぎ、薔薇の前のベンチに干して、ケースからヴァイオリンをとりだした。

雨はすぐにやみ、天井のガラスに残った水滴が光を反射している。

初めてここにきた日のようだ。

尚央はじかに太陽の光を感じながら、ヴァイオリンを演奏し始めた。

とても気持ちがいい。温室は温度が調節されていたので寒くはない。あのときに解放された心のように身体からも衣服をとり払うと、いろんなものから自由になったような喜びが増してくる。

周囲をとりかこんだ薔薇の養分になってしまいそうだ。この音楽も自分も。

そんなふうに感じながら演奏していたそのとき。

ヒヒーンという馬のいななきような声が後ろのほうで響いた。

「……あ……っ」

ハッとふりむくと、あのときの天使が温室の戸口にいた。その背後には純白の馬。

全身がこわばり、弓を動かすことも忘れ、尚央はそのまま硬直した。どくんどくん……と、ヴァイオリンの代わりに尚央の鼓動が大きく脈打つ。

まばゆい光が射《さ》しこむ薔薇の温室。乱反射する光に包まれたピンクの薔薇の茂みのむこうで金髪が揺れている。

演奏を中断し、かたまったようになっている尚央に彼は静かに微笑した。

こんなにも美しい微笑があるのかと思うような、そんな完璧なほほえみを浮かべ、彼はじっと尚央に視線をむけたままコクリとうなずいた。

演奏を続けろということだ。そう思い、そのまま息を吸って演奏をする。ああ、ドキドキする。彼がいる。ずっと会いたかった天使がそこにいる。

音楽が終わったら、なにを話そう。どう自己紹介しよう。イーサン坊っちゃまだよね？　初めまして、従弟の尚央です、楽譜もらいました、ありがとう……そんなふうに言えばいいのかな。それとも犬の名前を聞いたほうがいいのか。同い年くらいの相手と話をしたことがないので、どうしたらいいのかがわからない。

そんな焦りと緊張のまま、それでもいつになく生き生きとした音が出せたように感じながら演奏を終えた。しかしもうそこに彼の姿なかった。馬の姿もない。犬だけがいる。

「あのひと、イーサンさまだよね？」

尚央は犬に尋ねた。犬はワンっと吠《ほ》えたあと、背を向けて温室の外に出ていった。

「あっ、待って」

そのとき、尚央はハッとした。自分が全裸だったことに気づいて。あわてて衣服を身につけ、尚央は犬のあとを追った。

会いたい。もう一度、会いたかった。二年前に一度だけ見かけた彼。もう一度、会いたいとずっと願っていた。

尚央は広々とした庭園を抜け、近づいてはいけないと言われている本館の方向にむかって足をすすめた。彼はおそらく馬で温室にきたのだろう。思ったよりも広い。尚央の足ではずいぶん時間がかかってしまった。

あの天使。初めて見たときよりも凛々しくなっていた。もうボーイソプラノではなさそうな感じの骨格をしていた。会いたい。どうしようもなく会いたい。今までも会いたかったけれど、今、この瞬間に無性に彼に会いたい。いてもたってもいられない衝動。そんな衝動を感じたのは初めてだった。自分の内側が怖いくらいだ。でも進まずにはいられない。

本館まではけっこうな丘陵になっていて、いつの間にか息がぜえぜえしている。

背負っているヴァイオリンケースの重みと自分の歩く勢いに膝《ひざ》が耐えられなかったのか、あるいは足元がよく見えなかったせいか、途中で、何度かどさっと転んでしまった。

「あうっ」

つんのめったようになって胸から転げ落ちる。芝生の上なので痛くはなかったけれど、それでも手首や足を擦りむいていた。

でもそんなことはどうでもよかった。とにかく彼に会いたい。ただそれだけだった。

そうして美しい花が咲き乱れた広々とした庭園を抜けた先に、ベージュ色の華やかな宮殿のような建物が見えた。あかるい夏のさわやかな陽射《ひざ》しを浴び、その屋敷の前のテラスのような場所でガーデンパーティが開かれていた。

単なるガーデンパーティではなく、花嫁さんと花婿さんがいるので結婚式のパーティなのだろう。

(わあ……綺麗だ)

純白のドレスを着た女性と白いタキシード姿の男性を中心に、そこにいるみんながワルツに乗って踊っている。

父の姿もあった。誰か綺麗な女性とワルツを踊っている。その周りのテーブルでは映画のワンシーンのように上品そうな紳士や淑女が食事を楽しんでいた。

それにしてもなんて綺麗なピアノの音だろう――と思ったとき、尚央ははっとした。

ガーデンパーティ会場の中央――純白のギリシャ神殿のようなガゼボに漆黒のグランドピアノが置かれ、さっきの金髪の少年が座ってワルツを演奏していた。

ショスタコーヴィチのセカンドワルツだ。ピアノ曲ではないけれど、ピアノで演奏できるようにアレンジされている。

ちょっと気だるそうにうつむいて演奏している。さらさらとした前髪が目にかかりそうだ。

あのときのピアノとは違う。切なく、激しい旋律から情念のようなものを感じて、胸が熱くなって涙が出てきた。ボロボロと涙を流しながら、気がつけば尚央はガゼボの前まできていた。自分が擦りむいて、泥だらけになっていることも忘れて。

「……おい、リチャード、おまえの子供じゃないのか」

演奏が終わったあと、尚央に気づき、誰かが父に話しかけた。それでも尚央はまだ泣いていた。

「何だ、おまえ、イーサンに見とれているのか。それにしても、汚い格好だな。パーティに参加するならもっと綺麗にしないと」

父がおかしそうに笑って尚央の肩に手をかける。そのとき、ようやく我に返った。

ワルツを踊っていた人たちまで動きを止め、全員が尚央に注目している。グランドピアノの前にいる彼も。

(今……父さん、イーサンと言った。じゃあ、思ってた通りだ、あの天使はイーサン坊っちゃまでまちがいなかったんだ)

名前はイーサン。実在している人物だともはっきりわかった。尚央は手の甲で涙をぬぐい、ピアノの前にいるイーサンを我を忘れたように見つめた。

彼のいるガゼボは蜂蜜《はちみつ》色をしたコッツウォルズストーンの石が敷き詰められ、淡いピンクや白の薔薇の花、緑の木々との色彩の対比がとても美しい。綺麗なスクエアに区切られた中庭にはピオニーが植えられ、どこからともなく甘い香りが漂ってくる。

「イーサン、次は私と交代よ」

ドレス姿の女性がイーサンに話しかけ、ピアノの前の椅子に座る。

ガゼボの白い柱にもたれかかりながらイーサンは白い手袋をつけると、尚央をじっと見つめた。

本物を間近で見るのは初めてだった。お城にいる王子、天国にいる天使。そんな感じがした。あまりの神々しさに尚央は息をするのも忘れた。

たがいの視線が絡んだそのとき、隣に立った父の周囲に何人かが集まってきた。

「あら、この子が例の？　紹介してくださいな」

「そうだよ、リチャード。アルファの息子がいるならちゃんと紹介してくれないと」

口々に親族たちが寄ってくる。

「東洋系の血をひいているそうね。でもなかなか神秘的で綺麗じゃないの」

「アルファなら、相続権もあるのだろう。リチャード、ちゃんと教育しているのか。学校の面接で落ちたということだけど……」

「教育ならさせている。頭はいいし、ヴァイオリンは天才的だと報告を受けている。ただ母親の教育が悪かったのか、まともな受け答えができなかったんだ、面接で。それでとりあえず離れで家庭教師をつけている」

「そうなの。それは大変ね」

みんなが口々にそう言って尚央を囲んでくる。見世物小屋の動物にでもなった気がして、どうにも怖くて尚央は金縛りにあったようにその場で硬直していた。

そんな尚央の姿を少し離れたガゼボからイーサンがじっと見つめている。無表情のまま、感情を感じさせない蒼い眸で。

どうしよう。みんなにバカにされている姿を彼に見られているのが恥ずかしい。汚い格好の異質な子として彼が蔑《さげす》んでいたらどうしよう。そんな不安に泣きたくなってくる。

「なにをしているのですか、そんな子をからかったりして。その子は金目当ての日本人女性の息子ですよ、まだ正式に伯爵家の一員と認めたわけではないのですから」

現れたのは、リチャードの母親――つまり伯爵夫人だった。

今の当主――イーサンの父と尚央の父の育ての親に当たる。

ここ百年ほどアルファの女性には子供が生まれなくなっているため、彼女は伯爵家の二人の息子たちの育ての親ではあるが、生みの母親ではない。尚央には、おばあさまに当たる。

金目当ての日本人女性――？

彼らの会話によると、母は伯爵家に尚央をわたしたあと、多額の現金を要求し、さらには大手プロモーターを紹介しろとたのんだとか。

そしてそれを機に、母はチェリストとして成功したとか。

「さあ、その子をあっちへ連れて行って。そんな汚らわしい子、見たくもないわ」

祖母が冷たく言い放ったそのとき、リチャードがおかしそうに笑った。

「お母さま、これでもおれには唯一のアルファの息子なんですよ。冷たくしないでくださいよ」

「そうでしたね。大勢のオメガを連れてきたのに、結局、あなたには他の子は生まれなかったのですからね」

「おれだけじゃない、兄さんもそうだ。イーサン以外、子供ができなかった。それに今や、明石清美《きよみ》は売れっ子のチェリストだ。成功したのならそれでいい」

「まあ、結局、リチャードの相手のなかでは、あの汚らわしい日本人娼婦だけがおいしい思いをしたわけだ。お金も地位も名声も手に入れて」

「本当に今ごろ高笑いしているでしょうね」

娼婦、おいしい思い、高笑い。その言葉に激しい怒りがこみあげてくる。

（違う、そんなことはない、そうじゃない）

いつも泣いていたのに。尚央がいるせいで計画が台無しだ、人生がうまくいかないと。

「高笑いだなんて……よくも……そんなひどいことを……」

尚央はきつい眼差しで祖母をにらみつけた。

「おいおい、尚央、おまえ、ちゃんと話ができるのか、今までおれや清美の前ではずっとだんまりをきめこんでいたのに。すごいな、そんな表情もできるようになったのか」

「どんなに辛い想いをしていたか知りもせず。許せないです……あなたたちは最低です」

がまんできなかった。負けたくない——という気持ちがこみあげていく。バカにされ、笑いものにされる姿をイーサンの前で晒《さら》すのはいやだ。惨めだ。それなら全部ぶち壊してやると思った。

「今、私に最低と言いましたか？」

祖母が強い口調で問いかけてくる。

「はい、言いました。あなたを含め、ここにいる全員に対して」

自分が制御できない。感情が剝《む》きだしになってしまう。これまで他人の前では、氷点下ではないかと思うほど感情の熱が低かったのに、なぜか沸騰《ふっとう》したようになっている。

「おもしろい子ね。尚央、あなたは母親に捨てられたのに。しかも虐待されていたと聞きましたよ。それなのに、あなたは憎みもせず、庇《かば》うのですか？」

「別に母親を庇う気はありません。ただ予定外の子供ができたことで母は苦労しました。その苛立ちをぼくにぶつけていただけです。ぼくはそのことを恨んだりしていません」

「どうしてですか」

「恨んだり憎んだりするほど愛してはいなかったので」

自分でそう口にして、ああ、そうなのだと自覚した。愛していなかったのだ、自分も母を。いや、母どころかこれまで誰も。

「おもしろいな、リチャード、きみの子供はずいぶんと勇ましい。こんな可愛い外見なのに、中身は騎士のように凛々しいぞ」

伯爵家の当主が感心したように言う。

「ああ、家庭教師の報告では、かなりの変わり者だが、けっこうな努力家のようだ。勉強中はわかるまで席から立たないし、ヴァイオリンもぶっ倒れるまで練習してしまうとか」

そんなこと、教師や庭師たちから聞いていたのか。

「だが、家庭教師も音楽教師もそういう根性をむき出しにするところが貧乏くさいと言っていたぞ。

優雅さもなく、がむしゃらで、クレイジーな演奏だと」

「いいです、貧乏くさくて」

天使に会いたくてがんばったのだ。ほかの人の評価は関係ない。

「まあ、そう怒るな。どう育つか、ちょっと楽しみになってきたな。よく見れば顔も可愛いし、ほかに子供もいないし、どうだ、本館で暮らしてみるか」

「いいえ、けっこうです。もどります。二度とこちらにはきません」

「まあ、まあ、そう言わずに。サンドイッチでも食べて、こっちで遊んでいけ。メイドの話だと、まともに食事をとってないそうだが、割り箸のような細さじゃないか」

リチャードは尚央の手首を引き寄せ、無理やりサンドイッチを食べさせようとした。

「割り箸？　ああ、東洋人だからそうなのかもな」

みんながからかうように笑いながら尚央を囲んでいる。さっきからそのやりとりをじっと表情ひとつ変えずにイーサンが見ている。

「いえ……食べたくないのでいいです」

リチャードの手を払うと、尚央は自分をかこむ人の輪を手で払いのけてその場から離れようとした。くやしい。みじめだ。恥ずかしい。あの天使に、こんなふうにみんなからバカにされている自分を見られているのがどうしようもなく嫌だ。彼の視界から消えたい。

尚央は勢いよく走った。しかし足元に段差があったらしく、足が引っかかってしまった。

「う……っ！」

胸からドサッと芝生に転がり落ち、後ろからクスクスと笑い声が聞こえてくる。尚央は唇を噛み締めながら立ちあがった。そのとき、ふっと背中が軽くなった。

「ぼくが持とう」

イーサンは尚央の背中からヴァイオリンケースを外して自分の肩にかけた。

ふわっと甘い薔薇の香りが漂う。怜悧そうな風貌。透明感のある肌。宝石のような蒼の双眸は人間ではないみたいに綺麗で、心臓が止まるかと思った。

「こんなものを持って走ろうとするから転ぶんだ」

「でも、それは……大切なものだから」

返事をする声が上ずってしまう。イーサンだ。彼に話しかけられているなんて信じられない。

「だからぼくが持ってあげるんだ。きみの体力では無理だと思ったから。いいね？」

すごい。甘い綿菓子が溶けていくような声だ。綺麗で、優しくて、その声が聞こえなくなるのが心もとないような、そんな甘く美しい声に胸がどうしようもなく痛い。

「いいね？」

手首をつかまれて、もう一度、念押しするように訊かれ、尚央はこくこくとうなずいた。

「え、ええ」

ドキドキする。手首をつかまれている。当たり前だけど、体温があることが何だか信じられない。こんなに美しい人がこの世にいるなんて。造形だけではなく、彼から漂う空気そのものが澄んでいる気がして涙が出そうになる。と同時に、泥にまみれた自分が恥ずかしい。

彼の視界から早く消えようと思うものの、彼に手をつかまれているので動くことができない。

「待ってください、おばあさま。きみもちょっと待ってくれ」

「どうしたの、イーサン」

祖母が笑顔をむける。イーサンのことはとても可愛がっている様子だった。

「こちらの従弟どのには、ぼくがここにくるようにと誘ったんです」

イーサンの言葉にあたりがざわつく。

「ぼくのピアノを聴かせたくて」

「え……」

「そういうわけで、ぼくはこれで失礼します。このあと、彼のヴァイオリンを聴く約束があるので」

イーサンはそう言うと、彼らに背を向け、尚央の手をつかんで庭園のなかを突き進んだ。

「温室まで送ろう。馬で」

茂みの間を抜け、馬小屋らしき建物の前へとむかう。どういうつもりなのだろう。天使ではなく、人間だとはわかったけれど、彼の行動を理解できなくてとまどってしまう。

「あ……いえ……でも」

「反抗するのか？」

尚央の手をつかんだまま目をすがめ、イーサンは尊大な眼差しで尚央を見下ろした。さっきまで天使のような表情だったのに、今度は悪魔のような顔つきになった。その豹変ぶりに尚央はびっくりしながらも、ふるえる声で返した。

「いえ……あんな嘘をついて……まで……かばってくれなくても……」

どうしてこんなことを言っているのだろう、自分は。

ありがとう、助けてくれてすごくうれしかった、ずっとあなたに会いたかったです、あなたのピアノ、素敵でした——と、笑顔でかわいくお礼を口にしたいのに。
「どうしてそんな言い方をするんだ。きみが困っていると思ったから声をかけたのに」

ひどく失望している感じがした。

「それはそうだけど……じゃあ、あなたはぼくを汚らわしいとは思ってないの？」

ごめんなさいと謝りたいのに、そんなことを訊いていた。なぜだろう、このひとを前にすると、自分を制御できなくなる。

「汚らわしい？」

「みんな、ぼくをバカにしていたじゃないか。娼婦の息子だの、何だのって。ヴァイオリンだって……貧乏くさくてクレイジーだって」

尚央の言葉に、イーサンはおもしろそうにクスッと笑った。

「嫌なのか、そんな扱いを受けるのが」

「カースト最下層だよ。うれしい人間なんている？」

「いないだろうな」

イーサンが冷ややかに言う。完璧なまでに整っている口元から吐き出されるトゲのある声音が妙に心地よくてもっと聞きたいと思う。だからつい反抗的なことを言ってしまう。そんな自分をちょっと変だと思いながらも。

「ぼくだってそうだ。いつもいつも差別されて、変なこと言われて、からかわれて。最低だよ」

棘《とげ》をふくんだ言葉を口にすると、イーサンの蒼い目がきらりと妖《あや》しく煌めく気がするのは気のせいだろうか。

「それなら、母親との暮らしにもどるか？　今、ちょうど日本や中国を中心に、欧州で成功した美人チェリストとして大活躍しているそうじゃないか」

「――っ」

「少なくともあっちに行けば、アルファで、英国貴族の血を引いているきみは、美少年ヴァイオリニストとでも言われてちやほやされるだろう。甘ったるく、ぬるいココアや冷めた紅茶のような世界で、ぬくぬくすることができる」

「ぼくのこと……バカにしてる？」

「たしかめているだけだ」

絶対してる。とても楽しそうだ。この魔王みたいなところ、妙に親しみやすくて好きかもしれない。

「ここにいたら、カースト最下層だが、そこからのしあがれると期待していた」

「期待？」

「ちょっとついてこい」

イーサンは馬小屋から白い馬を出すと、尚央を前に座らせ、ヴァイオリンケースを背負ったまま、馬腹《け》を蹴った。馬の高さに驚きながらも、それよりもイーサンと密着している事実に失神しそうなほど緊張していた。

「あの……」

「いいから、だまってろ」

温室までくると、馬をつなぎ、イーサンはピアノの前に進んでいった。薔薇に包まれた夕暮れどきの温室。さっきと違って、夕陽を浴びて温室全体が淡いオレンジ色に包まれていた。

グランドピアノの前にあの犬がいる。イーサンと尚央がくると、尻尾を振って近づいてきた。

「この犬、きみも友達になってくれたんだね？　ありがとう、いつも一緒にいてくれて」

「うん、あ、でも名前」

「名前はセルゲイ。ラフマニノフからとった」

セルゲイ。どう見ても合わないけれど、名前を知ることができてよかった。響きが可愛い。

「ところで……ヴァイオリン……今のワルツ、弾けるだろう？」

ヴァイオリンケースを渡され、尚央はうなずいた。

「おれがピアノを弾く。きみは主旋律を」

「今から……ここで？」

「そうだ。その前に、少し手当てさせて」

イーサンは救急箱をとりだし、尚央の手をとった。転んだときに擦りむいたところを消毒し、傷薬を塗《ぬ》ってくれる。庭師が薔薇の棘で怪我《けが》をしたときのためにと常備している救急箱だった。

至近距離で金髪がサラサラ揺れ、尚央は息を止めた。ここにあの人がいるなんて夢のようだ。

「あの……ありがとう。あの……どうして……一緒に演奏を……」

「したいから誘っているだけだ」

「ぼくでいいの？」

「きみがいい。とてもいい目をしてる」

「いい目って？」

「カースト最下層から頂点に下剋上《げこくじょう》しそうな目だ。獣の目……とでもいうのか」

横顔を向けたままだが、静かな眼差しでイーサンがちらりと尚央を見る。

「おれと同じ目をしている。情熱的で激しく焔のような熱さを持っている。そんな目……」

「あなたが獣？　天使か王子さまみたいなのに……信じられない」

「獣だよ。おれの本質はガツガツと飢えた獣だ。だけど誰にも教えない」

「獣……ぼくが？」

「でも、今、ぼくに……」

「きみはいいんだ。きみはたった一人の仲間だから」

「たった一人って？　じゃあ、ぼくはイーサンの仲間なの？」

あまりにびっくりして変な声で訊いていた。するとイーサンが冷ややかに笑う。

「ちなみに、王子とか天使と言われたのは聖歌隊にいたころだけだから。今は、帝王。王ではなく、帝王だ、おぼえておけ」

キングではなく、エンペラー。その違いがわからないけれど、こんなに尊大に口にしているので、帝王のほうがイーサン的にはカースト上位なのだろう。

「で、その帝王がどうしてぼくを仲間に」

「きみも満点以外、必要ないって顔に書いているじゃないか」

そう言われ、尚央はガラス戸に映る自分を見た。

「そんなこと、一度も顔に書いたことないよ」

「だからさ、どうせここを出て行くなら、支配側の人間になってからにしろ。このままだときみは負けたままだぞ」

支配側――――？　尚央が問いかけるように見ると、イーサンは表情を変えず淡々と言う。

「勝利だけだ。負けは存在しない」

なにか深い意味を感じさせる呟きだった。

「勝たなければ意味がない。そして勝つべき相手は、最高の人間でなければ意味がないということだよ。たとえば、おれのような」

その鋭い刃物のような声音に鼓動が異様なほど高鳴った。血管の流れまで一気に激しくなったような気がして全身が震えた。

(最高の人間？　イーサンのような？)

眸で問いかけているのがわかったのか、イーサンは艶やかに笑った。

「そう、勝つこと以外、満点以外、最高のもの以外、きみは欲しくないんだ」

甘く魅惑的な眸に吸いこまれそうだ。

「なんで……そう思うの？」

そんなこと自分でも意識したことがなかったのに。

「母親のことを恨むほど愛していないと言った。父親のこともどうせ今日まで忘れていただろう。他人へのこだわりがなさそうだ。でもおれのことは覚えていた。いや、今日までおれのことしか考えていなかった」

あまりの傲慢《ごうまん》な物言いに本当ならムッとするべきかもしれないのに、あまりにも当たっていてうなずくしかなかった。尚央はふっと笑った。

「そうだよ」

「他のやつなら気持ち悪いけど……きみはちょっと違う。最高のものしか視界に入れないという理由でおれに夢中なんだ」

「理屈はわからないけど……たしかに……ぼくは、あなたしか興味がない。あなたが死んだら、この世界に意味はないから死ぬかもしれない」

「本気で？」

うん、と尚央はイーサンの目を見てうなずいた。

「真顔で言うことか」

「本当のことだよ。言っちゃダメなの？」

「そうか、きみ、学校、行ってないんだったね。家庭でも情操教育を受けてなかったな」

「そう、だから、毎年、面接に落ちているよ」

「それでありえないほど素直なのか。実にいい感じだ。何にも染まってなくて」

納得したように言うと、イーサンは尚央の髪をくしゃっと撫でた。

「ヴァイオリンもそうだ、どんな難曲でも、マスターするまでしつこく練習していたな」

「知ってるの？　先生に訊いたの？」

「音を聴いたらわかる。時々、温室から聴こえてくる音楽だけで。きみが同種の人間だと」

同種、仲間……さっきからもしかすると、ものすごく素晴らしいあつかいを受けているのではないかと、また胸が高鳴ってしまう。

「母親よりも音楽の才能がある。チェロを選ばなくてよかったな。母親から猛烈に嫉妬されたぞ。いや、明石清美はそれがわかっていたから、きみに虐待めいたことをしたんだろう」

尚央は眉を寄せた。

「今朝、温室での音楽……すごかった。真っ裸で、クレイジーで……いろんなものをぶち壊しそうな激しさがあって……」

褒めているのか、けなされているのか。いや、褒められているのはわかるけれど。

「きみこそが帝王だ、音楽の世界では」

イーサンは尚央の手をとり、その甲にキスしてきた。

彼の形のいい唇が皮膚に触れただけで電流が走ったみたいにピクッと指が震える。と同時に、浄化剤でも染みこまされたようにそこから自分が綺麗になっていく気がして胸が熱くなった。

「だから誰も相手にするな。おれ以外……」

きっぱりと言い切るイーサンの言葉が胸を貫く。つまり自分たち以外は最高ではない、相手にする価値などないとはっきりとした矢となって。

なんという傲慢。なんという自信。イーサンは、帝王と呼ばれているのだからそれでいいだろう。でもカースト最下層、底辺にいる尚央をそんなふうに仲間にしてくれることに胸の奥がわくわくした。自分の音楽、自分の価値、自分の人生、そのすべてをこんなふうにちゃんと価値あるものとして認め、さらに最高だと讃《たた》えてくれた人間なんてこれまで誰もいなかったのだから。

「さあ、演奏しようか」

ピアノの前に行き、イーサンがAの音を弾く。尚央はヴァイオリンを出すと、それにあわせて調弦した。尤も、それがなくても絶対音感があるので自分の耳だけで調弦ができるのだが。

「ショスタコーヴィチのワルツ？」

「それ以外でもいい。好きな曲は？」

「特には。あ、ラフマニノフ。イーサンが歌っていた楽譜の作曲家。ワンコの名前のひと」

「それはいいね。ほかには？」

「ショスタコーヴィチも。さっきの曲も弾ける。イーサンが弾いていたから、これから好きになる」

「なに、おれが演奏した作曲家じゃないと好きになれないわけ？」

「だめ？」

「ああ、だめだ。それだとコンクールに出られないぞ。もっと他の作曲家も好きにならないと」

「いいよ、出ないから」

「だけど……優勝したら、おれと同じ学校に入れるかもしれない」

「本当に？　同じってクィーンストン校？」

尚央は目を見ひらいた。考えたこともなかった。でも入りたい。イーサンと同じ学校に行きたい。

「一芸が認められて。ただし、編入試験で最高点を出す必要があるが。きみはプレップスクールも出ていないし、ハードルは果てしなく高いが」

「やる。コンクールで優勝する。イーサンと同じ学校に行けるなんて夢のようだ」

顔をほころばせ、尚央はまばたきもせずイーサンを見あげた。

「なら、モスクワのコンクールがいい。どうせだ、チャイコフスキーの協奏曲を最高にうまくマスターしろ。毎年、コンクールの課題曲の一つだ。あとはカルメン幻想曲、ツィガーヌもきみのヴァイオリンに合うだろう。高音で泣かせるところ、とてもいいから」

「わかった。うまくなる。チャイコフスキーももっとうまくなる」

「今から一緒にやる？　伴奏するから」

「じゃあ、一楽章やりたい。イーサンとやりたい」

「わかった、じゃあ、弾くぞ」

右手をすっとあげてイーサンがイントロの音楽を演奏し始める。ヴァイオリンが入るまでに、五十秒ほどの華やかな前奏があるのだが、音楽教師と合わせているときとは違う。まずは右手で旋律、左手で和音……と続く前奏。

これ以上ないほどドラマティックに、たっぷりとタメを作りながら演奏している。その旋律を聴いているだけで血が熱くなり、わくわくとしてしまう。音がきらきらと輝いているようなそのピアノに吸いこまれるみたいに、尚央は大好きな旋律を演奏し始めた。

何という心地よさ。何という楽しさ。そして何という幸福感。

イーサンのピアノは情熱的でとてもエレガントだ。でもそれだけじゃない。どう言い表せばいいのかわからないけれど。

でもこうして一緒に演奏していると、やっぱりいろんな感情があふれてくる。気持ちのいいまま、一気に疾走して、気がついたら演奏を終えていた。どんな曲を弾いたのか覚えていない。

ただ最後の音を弾き終えたあと、身体のなかを一気に駆け抜けた熱いものに、しばらく放心したようになっていた。

「最高だ。きみならこういうのが好きか思って、前奏からたっぷりタメを作ったけど……」

そうか、ぼくが好きそうな伴奏をしてくれたのか。たしかにとても気持ちよかった。

「きわどくて、スリリングで、クレイジーで……演奏しているというより、魂が叫んでいる感じ。こんなチャイコフスキーは初めてだ」

「あ……もしかして……変なの？　ぼくの演奏……」

「いや、おもしろい。だからこっちの世界にいろ。ぬるくて甘ったるい紅茶かココアみたいな世界ではもったいない。嵐のような世界だが、最下層から頂点まで経験できるおれのそばに……」

イーサンのそば？　いてもいいいなら、そこにいたい。ぬるくて甘ったるいココアがどんなものなのかわからないけれど、嵐でも何でもいい。

「いたい……こっちにいたい。最下層からでもいい、頂点を目指したらイーサンといられるのなら、そこを目指したい」

尚央がはっきりとそう言ったとき、温室の戸口の前に祖母がいた。数人の召使とともに、車でここにきて、演奏を聴いていたらしい。

「ずいぶん下品な演奏ね」

祖母はあきれたように笑った。

「だけどイーサンが言うとおりね。魂が熱い」

え……。尚央はイーサンと祖母を交互に見た。

「すごいと思いませんか？」

「ええ、それは認めるわ。でもどうするかはこれからね。……ただ……あなたの言うとおり、おもしろいわね、この子……少なくとも甥《おい》の子供のビクターやモリスたちもよりずっと骨があって、伯爵家に新しい息吹を吹きこんでくれそう。どんな嵐にもしなやかに対応できる生命力……という息吹を」

笑顔をみせる祖母の、その豹変ぶりに面食らい、尚央は小首をかしげた。

「前からイーサンに言われていたの。おまえが優秀だと」

イーサンがそんなことを？　祖母に？

「どんな子供なのか知りたかったの。試したりして悪かったわね。まだ野犬、いえ、野良猫のようだけど。もっとちゃんとした音楽教育を受けさせたいわ」

認めるのはそれからだと言いながらも、祖母もとても楽しそうだった。

「結果を出しなさい。そうすればおのずと道はひらけるでしょう」

そう言って祖母が去ったあと、尚央はイーサンに問いかけた。

「ぼくのこと……イーサンが？」

「ああ、祖母は一族のなかで一番話のわかるひとだ。それに一番力がある。この家になにが必要なのか、おれがなにを求めているのか理解している」

イーサンが求めているのは……ぼく？　とは、さすがに訊けなかった。その代わり、イーサンが言葉にしてくれた。

「イーサン……ぼくのこと……興味もってくれたの？」

「……ああ」

「いつから？」

「手紙……くれただろ？　あれから、時々、ヴァイオリンを聴きに」

知らなかった。そうなんだ。

「きみのヴァイオリンを聴くと燃える。生きている意欲が湧く。何でかわからないけど。だからいいな、きみはこれからもおれを燃えさせろ。おれに生きる意味を与えるんだ」

彼を燃えさせる存在……。生きる意味？　どうしてイーサンに自分が——。

それがどういうことなのか、このときはすぐに理解できなかった。

いや、そのあともずっと何年経っても理解できないままではあったけれど、その言葉だけは尚央の脳にはっきりと刻まれた。


祖母に気に入られたのがきっかけで、尚央の暮らしは少し変化した。

近くにあるアルファ専用のプライベートスクールに通ったり家庭教師についたりしながら、週末は本館できちんとしたテーブルマナーや礼儀作法、ダンス、乗馬……といった上流家庭で必要なことを学ぶようになった。

学校では伯爵家の名前は名乗らず「明石尚央」として過ごし、当然のようにいじめられたが、あまり気にせず、自分はカースト最下層だからそういうことをされるのだと思い知らされた。

テキストをくしゃくしゃにされたり、体操服に水がかけられたりするのは本当に辛かった。授業に支障をきたしてしまうからだ。

でも笑ってしまうことも多かった。生徒たちが尚央を見ると、手を合わせて拝むようなポーズをして「ナマステ」や「ニーハオ」と口にし、東洋全体をひっくるめてバカにするような態度をとったときは脱力した。

「コウモリは食べないの？」「犬や猿を食べるの？」という質問もあった。

少し調べれば、ナマステもニーハオも日本の言葉ではないことがわかるし、日本人はコウモリなんて食べないのに。

でもこのひとたちには、東洋は全部同じ。差別の対象なのだと自覚し、無視することに徹した。目標はイーサンのいるところを目指すことだ。だから小さなことは気にしないでおこう。

自分にそう言い聞かせ、心を強くするようにした。

とにかく休暇でイーサンが帰省する日を楽しみにヴァイオリンの稽古に励み、優秀な成績をとることに必死になったのだ。

イーサンは、ふだんはロンドン近郊にあるアルファ専門の寄宿学校で生活している。週末は土曜の午前中も授業があるし、生徒会かなにかで多忙らしく滅多《めった》に帰ってくることなはい。

尚央は彼の代わりに犬のセルゲイの世話をして過ごした。

そんなある日、泣いているイーサンを見かけた。

全国的な試験で二位だったらしく、悔しさのあまり誰にも見えない場所で涙ぐんでいたのだ。

金曜の夕方、制服姿のまま。夏場ではあったけれど、このあたりは冷えるせいか、上着にネクタイといったいでたちだった。一方の尚央は、近所のプライベートスクールに通っていたので、胸に学校の鷹のエンブレムのついた白いポロシャツに膝丈のショートパンツ姿だった。

温室のかたわらにある池の、ボート小屋の前だった。

あざやかな花が咲き乱れる美しい九月の夕刻。といっても、英国は日が長いので、いつまでも明るい。

ちょうど学校から帰ってきた尚央は驚いてじっと泣いている彼の姿を見ていた。かっこいいと思ったからだ。しかし彼のプライドはとても傷ついていたようだ。

「見たな」

思い切りにらみつけられた。

「ごめん……」

「いや、別にいい」

さっと手の甲で目元を拭くと、イーサンは何事もなかったかのように立ちあがった。

このひとのプライドの高さが好きだなと思った。彼のそばにいたセルゲイが近づいてくる。本当にイーサンのことが好きらしい。

イーサンは口元をかすかに歪めて笑い、親指を立ててボートを指差した。

「乗る？」

「いいの？」

「ああ、ここでアフタヌンティーをしよう」

イーサンは尚央とセルゲイをボートに座らせると、傍らにおいてあったバスケットを手に乗りこんでオールをとった。きらめく木漏《こも》れ日《び》、辺りには色とりどりの花が咲いているイングリッシュガーデン。どこからともなく甘い花の香りがする。

人気はない。イーサンがむかいに座り、尚央は犬と肩を並べて座っていた。

「寒いね」

木陰に入ると、空気がひんやりとしている。ぞくっとして尚央はセルゲイを抱きしめた。大きなぬいぐるみのようで心地いい。

「この子、本当にふわふわしている」

「セルゲイはきみに似ている」

「え……」

「好きな相手にしかなつかないし、尻尾を振らない。でも好きな相手には従順ですなおだ」

「うん、じゃあぼくと一緒だね」

尚央が微笑すると、イーサンはバスケットから小さな紙包みをとりだした。なかにはラズベリージャムとカスタードをはさんだ小さなケーキのようなものが入っていた。

ふわっとバターとハチミツの香りがただよってくる。そのとたん、セルゲイがフリフリと尻尾を振って欲しそうにした。

「それ……なに？」

「女王陛下のサンドイッチケーキ。ヴィクトリアンサンドイッチともいう。ヴィクトリア女王が愛したケーキだ。甘さをおさえたバターケーキ」

「へえ、ジャムとカスタードとハチミツを挟むんだ」

「おれの好みで作った。そういう決まりはないけど。甘くておいしいぞ。食べるか？」

イーサンがそっと唇にケーキを近づけてくる。当然のように尚央はふわっと唇を開けた。

口内に溶けこむバターケーキ。噛み締めると、とろとろのラズベリーが生地の間から溶けてくる。すごい。ふわっと口のなかに香ばしい香りと幸せな味が広がっていく。噛めば噛むほど、バターとカスタードとハチミツとラズベリーが一緒になって溶けていくのがわかる。

しっかりと噛み締めているうちにスライスしたアーモンドも加わって、ごくっと飲みこんだあと、もっと欲しい、もっと食べたいという欲求が湧いてきた。

「……味がする。もっと欲しい」

「え……」

「初めて食べ物の味がした。もっと食べたいって……初めて思った」

笑顔で言った尚央をイーサンはとても痛ましそうな顔で見つめた。

「初めて？」

「うん。今までなにを食べても匂いしかしなかったから。これがおいしいっていうのかな。びっくりした。こういう味を甘いっていうんだね」

イーサンは眉をよせたまま、次のサンドイッチケーキを手にとると、スプーンでラズベリーの部分だけすくって尚央の前に突きだしてきた。尚央はパクッと口にふくんだ。

「あ……味が違う。甘いのに違う」

「それは酸味のある甘さだ。こっちはカスタード。卵と生クリームの混ざった甘さだ。それからこっちはハチミツ。ミツバチが運んでくれた甘さ。それからバターの入ったケーキの甘さはこれだ」

イーサンはケーキを分解して、一つ一つ、味について説明しながら尚央に食べさせてくれた。どれも少しずつ甘さが違う。

あまりに幸せな甘さなので、ぽろっと涙が出てきた。涙が唇に触れると、また違う味がしたので尚央は驚いて目をみはった。するとイーサンは身を乗りだして尚央の涙にそっと唇を近づけてきた。

薔薇の香り。間近で見るその美しい顔。鼓動が跳ねあがりそうになった。

「しょっぱいな、涙の味は」

しょっぱい。甘いのとは真逆なのに、でも甘いものを食べたときのような幸せが胸に広がる。

夕陽が木漏れ日となってふたりを照らしている。夕暮れに赤く染まった水面に二人と一匹の姿がくっきりと絵のように映っている。まるで焰の海をふたりがたゆたっているようだ。

「もう一個、食べるか？」

「うん……好きだな、このケーキならいっぱい食べられる。今まで食べ物に興味なかったけど」

「なら、いくらでも作ってやる」

「えっ、イーサンが？」

ちょっと自慢そうに微笑し、イーサンがこくりとうなずく。

「ああ、学校の授業で作った」

「クィーンストンだよね？　あの名門校で？」

「ああ、授業がある。一番大切な人に、なにか作れるようにという授業だ」

「そんな大事なもの……ぼくが食べていいの？」

「ほかに大切な人間なんていない」

イーサンの言葉に、えっと耳を疑った。しかしイーサンはすぐに尚央の横にいる犬に、別のケーキの生地のかけらを差し出した。

「セルゲイにはこっちを」

うれしそうにセルゲイがほおばる。そのまま二人でじっとその様子を見つめた。

静かで怖いくらいだ。風がひんやりとしている。少しずつ日が陰《かげ》るにつれ、水面から見える池の底が少しずつ暗くなってきている。尚央がちらっと視線をむけると、イーサンがボソッと呟く。

「この池、とても深いんだ。昔、恐竜がいたから」

突然の言葉に尚央は目をぱちくりさせた。

「えっ……恐竜？　ネス湖みたいに？　でも……あれは偽物だって……確か」

「スコットランドとの国境近く湖水地方の一角にうちの父の土地があって……そこにある湖につながっているんだ」

「ほんとに？」

「ああ、湖があるのは、ヒースランドという小さな村で、夏はゴルフ、冬はスキー目当ての客がくる。そこに観光客に開放しているマナーハウスホテルと恐竜伝説のある湖があるんだ。真っ赤な紅葉の季節はとても美しくて……大好きだ」

「そんなところがあるんだ」

「ああ、それから雪の大地で見るオーロラも」

「え……見えるの？」

スコットランドでたまに見えるというのは聞いたことがある。イギリスでもごくごく稀に。

「ああ、見える。時々、いや、たまに、いや……奇跡に等しいくらい少ないけど」

「いいなあ、オーロラか」

「一面ヒースの花が咲く夏もいいし、メイプルの木々が色づいていく秋もとても美しい。空の青さも。でも雪の季節のオーロラもいい。湖に映る四季はどれも美しいが、オーロラの映る湖は本当に素晴らしい。ラフマニノフの讃美歌のようだ」

最初にイーサンが歌っていた音楽だ。彼を天使だと思ったとき。きっとあの音楽のように、オーロラの光も、神々しく、静かでおごそかで、そして涙が出るような胸の痛みを感じさせるのだろう。

「行きたい」

「オーロラは冬だからな。次、クリスマス休暇のときにでも行くか？」

「うん、行きたい」

「そのうち、そのマナーハウスで暮らしたいんだ。大人になったら、そこで父の事業を手伝えればと思っている」

イーサンの話では、二十年ほど前から彼の祖父が積極的にその湖の近くの土地を開発し、半導体を中心としたＩＴ企業の誘致を行ってそれに成功して巨万の富を得た。そして今、それは父親が引き継ぎ、さらにその近くにゴルフコースやリゾート地を開発し、オーロラの見えるヒースランドという湖の村も関係者たちの憩いの場として提供しているとか。

「すごいね。じゃあ、ぼくは……ヴァイオリンの先生になって、イーサンのマナーハウスの近くで教室をひらくね」

「バカ、おまえならプロになれる。演奏家になるんだ」

「ぼくが？」

「なに驚いている。そんなに上手なのに。めざせよ。おれが保証する、絶対になれる」

イーサンが保証してくれるなら、プロになれる気がした。

「わかった。がんばってみる」

「プロになる以上、世界一を狙《ねら》え」

世界一――。イーサンらしい言葉だ。彼はいつもそう。

「うん、がんばるよ。イーサンが前に言ったとおりに、人生に負けはない、勝つこと以外はなにもない。頂点を目指すんだから」

「そうだ。それしかない。挑戦して、自分の人生に勝つんだ」

イーサンはそう言って岸辺のほうを見つめた。けれどどこか淋しそうな笑みだった。

「そのときはセルゲイも一緒だね」

そう言うと、イーサンがまた身を乗りだして唇を近づけてきた。唇ではなく、唇の端にそっとキスしてくる。ドキッとした。

しかしそれはキスではなく、唇の端についていたカスタードを舐めとられただけだったらしい。

「約束だ、今のは約束のキス」

やはりキスだったようだ。キスと意識したとたん、心臓が飛び出そうになった。

何という甘い約束。イーサンとの約束はラズベリーとカスタード、それからハチミツの味がした。

3　学校生活

いつか恐竜伝説のある湖のヒースランドという村に行こう。

そんな約束したその日から、彼の休暇ごとに一緒に過ごした。

けれその冬のイーサンのクリスマス休暇は、セルゲイの体調が悪かったのもあり、恐竜伝説の村に行くことを断念した。そして年末、セルゲイはイーサンと尚央の間で眠るように旅立っていった。

『来年の冬は、絶対、いこう。将来、おれたちの住むマナーハウスにセルゲイのお墓を作るんだ』

そんな約束をした。そしてそれから一年くらいは彼の休みのたびにふたりで音楽を演奏したり、本を読んだり……いろんなことをしてどんどん親しくなっていった。

彼はいつもアフタヌンティーを用意してくれた。みんなの前で『割り箸』と言われた尚央を気遣ってのことだろう。

なつかしい思い出。二人の切ない日々。

イーサンと兄弟のように過ごせたのはそれから半年ほどだけだった。

伯爵家の邸宅があったのは、ヨークシャー地方の荒野の一角。北部から流れてくる川がゆったりと蛇行している森の奥。まわりには豊かな森と湖、それから広大な牧草地。

羊や馬、牛がたくさん飼われていて、うさぎ狩りの農場や狐狩りの猟場も多かった。

プライベートスクールを首席で卒業した尚央は、やはりイーサンのいるクィーンストン校には入学できなかった。ベータの女性から生まれた特殊な性の持ち主なので、第二次成長期を終えるまで寮生活には不適合という判断をされたのだ。

以前は面接、今度は身体検査。本当はそういうのはすべて建前で、もしかすると日本人の血をひいているのでなかなか許可がおりないのかもしれない。

(以前に……イーサンが言っていた。同じ学校に入りたければ、一芸……ヴァイオリンでコンクールに優勝しろ、と。それから成績でも満点をとれ……と)

つまりそれくらいハードルが高いということだ。そう思い、尚央はがむしゃらに勉強やヴァイオリンに励んだ。少しずつ親族の場にも顔を出すようになったが、そんな尚央の存在は財産を狙う遠縁の者には邪魔に映るようだった。

代々、受け継がれてきた広大な伯爵家の領地に加え、IT事業誘致で得た莫大な財産。銀行、貿易商、鉄道会社などと企業提携し、今、欧米の経済界でも大きな支配力を持つ。

尚央に相続権を渡したくないと思う遠縁は多い。

イーサンと一緒にいたとき、遭遇した事故も遺産目当ての者だった。

いつものように池でボートに乗っていたとき、なにか爆発物がしかけられていたらしく、ボートが大きく裂け、そのまま沈んでしまったのだ。

ふたりは池に投げだされたが、そのとき、イーサンは尚央を助けようとして腹部を大怪我し、しばらく入院した。

そのとき、尚央がボートに細工していたと証言した使用人がいたため、犯人の疑いをかけられ、ロンドンにあるリチャードの私邸での謹慎を命じられたのだ。イーサンの財布が尚央の部屋から見つかり、盗みの疑いまでかけられてしまった。

『濡《ぬ》れ衣《ぎぬ》です。ぼくは犯人じゃありません。盗みもボートへの細工もしていません』

何度訴えてもダメだった。信じてもらえなかった。日本人の血を引いているせいだろう。くやしくて情けなくて死にたくなった。

そしてそれ以来、イーサンとは会わせてもらえなかった。


あの事故からどのくらいが過ぎたのか――。

イーサンは十八歳になり、もうパブリックスクールを卒業する年齢になってしまった。

その後、ボート事故の犯人は尚央のところにいた使用人で、遠縁の者から金で雇われ、ボートに細工をしたことがわかり、尚央への疑いは晴れた。

財布の盗難の件も、尚央に疑いをむけさせるようにだ。いずれにしろ、もう少しで相続権を失うところだった。それもあり、またあのようなことがあっては困るとリチャードが判断し、尚央はそのままロンドンで暮らすようにと命じられた。

『尚央、伯爵家で生きていくためには、おまえは音楽で一流になるしかない。実力試験でも一位になって、みんなを驚かせてやれ』

リチャードにもそう言われ、十三歳からの四年間、厳しいことで有名な音楽教師につき、さらに少人数制のプライベートスクールで中等教育も受けことになった。

（そうだ、イーサンに会う資格を得るまでがんばろう。濡れ衣を着せられるようなことが二度とないよう。悔しい思いをしないように）

そう決意し、クィーンストン校に編入するためだけに生きてきた。イーサンに会うのは、彼のいる学校に合格してから――と目標にして。

◇◇◇

パブリックスクールの一日は、朝の礼拝から始まる。

中世の晩餐会《ばんさんかい》が開かれるような空間に、ずらっと並んでの食事。それから授業。部屋から一歩、外に出ると、イーサンは絶対に自身の感情を表に見せることはない。

孤独な帝王だ。さっそうと歩いていくイーサンのもとに、他の監督生や副監督生たちが集まり、ひとつのエリート集団ができていく。

イーサンは監督生のなかでもとりわけ長身で足が長い。その上、歩くスピードが速いので、ついていくには、他の生徒は小走りにならなければならないものもいる。

もちろん尚央は監督生ではないので遠くから見つめることしかできない。

日本人の母が見ていた時代劇の映画かなにかにあった大名行列のようだ。

あるいは病院ドラマの院長回診？

そんな変なことを想像して、心のなかで微笑する。

スマホは禁止なのに、こっそり隠れて写真や動画を撮っている生徒もいる。でもイーサンはそんなことは気にしないようだ。他の監督生たちが注意している光景は見かけるが、イーサンはといえば、注意どころか声をかけられると、軽く会釈してにこやかに微笑する。

その様子は誰の存在も気にしていない、まともに視界に入れていない。そんな印象だ。まるで王家の人間のようにふるまっているのだ。

（イーサンは……たしか、母方はロシア王家の血をひくオメガだと言っていたけど）

生まれながらにしてそうしたものを身につけているのか。

それがすごいと思う。負けず嫌いで、努力家だけど、そんな一面は他人には絶対に見せない。

アルファのなかのアルファ。生徒たちから、帝王と呼ばれている。

学内では、すべてにおいて彼が一番だ。

一方、尚央の立場は最下層のままだ。ここでも相変わらずあからさまな嫌がらせは続いている。体操服が濡れているのは小学校のときと同じ。礼拝のとき、膝がびっしょりと濡れていたのはこれまでになかったタイプの嫌がらせだ。どれも犯人はわからない。

（まあ、でも気にしないようにしないと）

両手を合わせた「ナマステ」と「ニーハオ」がないだけでもマシだ。猿を食べるのかと訊かれないのもいい。

そんなことを考えながら窓の外を見ると、イーサンのクラスが乗馬の授業をしていた。

巧みに馬に乗り、障害を越えていく。貴族の息子たちは幼いころから乗馬に慣れ親しんでいる。どの生徒も見事な乗馬の技術だが、そのなかでもイーサンはやはりとりわけ優雅に馬を乗りこなすように思う。その姿を横目で見たあと、尚央はテキストに視線をもどした。

勉強は、全科目、グレードAをとり続けなければ。

あのひとのそばにいるために。それからあのひとから大事な義弟と思ってもらえるように。

彼はがんばっている人間が好きだ。トップを狙える人間をそばに置いて自分のモチベーションにしている。誰よりも負けん気が強い。見えない努力家だ。

大好きなイーサン。ここまでこられただけで満足してはいけないんだよね。やっとやっとあなたのそばに来られたけど、これからもそばにいるためにがんばらないと。

「――またやられたのか。今度はヴァイオリンだって？」

夜、約束通り、八時に音楽室に行き、ヴァイオリンの稽古をしていると、イーサンが問いかけてきた。尚央がヴァイオリンの弦を大量に注文したのを耳にしたのだろう。

「弦がなくなっただけだから大丈夫」

授業のあと、クラブ活動で、オーケストラの横で、講師からヴァイオリンを学んでいる。そのとき、ちょっと目を離したすきに、予備の弦が忽然《こつぜん》と消えていたのだ。

「平気な顔をして。本当に大丈夫なのか？」

「つまらないことは気にしないって決めているから。昔からずっとこうだし」

「そうだったな」

「イーサンが言ったじゃないか。最下層って。でもそれでいいんだ。ずっと最下層どころかカースト圏外――アウトカーストだったから。あなたがカースト圏の扉の前に連れてきてくれるまで」

だから怖いものはないというような笑みを尚央がうかべると、イーサンは小さく息をついた。

「そうだ。そしておまえは自分の努力でその扉をひらき、なかに入ってきた。今は最下層じゃない、あと少しで頂点だ」

イーサンは尚央の肩に手を伸ばしてきた。その手、白い手袋に包まれた生まれながらにしてカーストトップにいる人間のその手。恋しくて、触れられただけで胸が苦しくなってくる。

「どうして……ぼくにそんな努力をさせるの？」

尚央はイーサンを見あげた。

「イヤだったのか？」

今さら、どうしてそんな質問をする――とイーサンが目を細めて見下ろしてくる。

「そんな努力をしなくても……多くを望まなければ……ふつうに暮らしていける」

尚央はわざと自虐的に答えた。

「たしかに、そこそこの大学を出て、そこそこの暮らしは可能だ。おまえなら、音楽教師にでもなって、安定した収入を得られる。そして相性診断であてがわれたオメガを娶《めと》って、子供を作り、家庭を得る……ベータに近いレベルの生活。……そういう人生が送れるだろう」

前にイーサンが言っていた甘ったるくてぬるいココアのような生活のことだ。味覚がわかるようになってから、試しに作って飲んでみたけど、一口で挫折《ざせつ》した。

「尚央は……それでいいのか？」

棘を含んだ言葉に尚央はうつむいた。そんな尚央のあごをつかみ、イーサンがのぞきこんでくる。

「言えよ、それでいいのかどうか」

こういうとき、彼はとても尊大だ。そして尚央はその尊大さが大好きだ。

「それでいい……と言ったら？」

ちらりと上目づかいでイーサンを見上げると、彼の手がすっとあごから離れる。

「それでいいなら、ここで学ぶ必要などない。失望した。出ていけ」

切り捨てるように言われ、尚央は肩で息をついた。

「待ってよ、イーサン。そんなわけないだろ。コンクールで優勝するのがどんなに大変だったか。この編入試験で満点をとるのがどれだけ大変だったかわかってるくせに」

するとイーサンは勝ちほこったようにほほえむ。

「知っている」

「だったら出て行けなんて……」

「尚央が正直に言わないからだ」

「正直ってなにを」

「おれのそばにいたいから死ぬほどがんばった。どうしてそう正直に言わない」

「わかっているなら訊かなければいいのに」

「わかっていても聞きたかった、おまえの口から、じかに」

イーサンは尚央の肩に手をかけると、そっと自分に抱きよせてきた。薔薇と紅茶の甘い香り。なんと心地よい香りだろう。胸がドキドキする。

「学校生活は好きだ。厳格なカーストはあるが、ここにいる間だけは自由だ。貴族であることも、アルファであることからも解放される。オメガに性衝動を感じなくて済む」

ピアノの前に座り、イーサンは軽く音楽を奏でた。

性衝動……。アルファはオメガの香りに性欲を刺激されてしまう。それもあり、しかるべき年齢になるまで、互いに別々の学校で学ぶことになっている。

「おれは……性衝動になど支配されたくはない」

イーサンはピアノを終えるとさらりとした前髪をかきあげた。

「尚央……は？　……誰かとつきあったことは？」

尚央は首を左右に振った。性衝動……アルファだといっても、オメガと遭遇したことがないせいか、それがどういうものなのか今もまだ尚央はよくわかっていない。

ドラマや映画、本でも見たことはあるけれど。

「イーサンこそ恋愛経験は？」

イーサンは尚央から視線をずらした。

「特には」

「本当に？」

「校内では、アルファ同士の恋愛がなくもないが」

「え……禁止じゃ……」

「ここにいる間のお遊びだ」

「イーサン……誰かと遊んだの？」

「尚央は？」

「ぼくは……まったく」

「そうだな、おまえの目には……おれしか映ってないはずだな？　おまえには、おれしかいない」

当然のように言われると少し腹が立つ。わかっているくせに。なにもかも知っているくせに。

「……どうされたい？　愛されたくないのか？　おれに」

どうしてそんなことを。そばにいられるだけで十分だ。気持ち悪いくらい好きなんだから。

「恋人になりたくはないのか？」

やめてほしい。そんなことを口にするのは。

「恋人になりたければ……言え」

言って、どうなるの？　恋人にしてくれるの？　でも不毛だ。絶対に結ばれることはないのだから。

ここで一過性の関係を結ぶだけにしかならないのだから。

「——なりたくない」

尚央はさらっと返してイーサンをはねのけた。

「どうして」

「どうしてもこうしても……イーサンは大事な義兄だけど、恋人になんて無理だ」

「じゃあ、おれ以外と恋愛をするのか」

「その話はもうなしにして。ぼくは誰ともセックスしない。キスもしない。ハグもしない。触れあわない。好きじゃないんだ……そういうの」

本当に好きじゃない、他人との触れあいは苦手だ。

恋愛をする気もない。イーサン以外には、世界中、まったく興味がないのだから。イーサンしか自分の中には存在しない。

でもだからといって、恋人になるなんて考えたこともなかった。

イーサンはいずれ伯爵家のため、しかるべきオメガと「つがいの契約」を結ぶ。アルファの女性と結婚することがあったとしても、オメガを愛人にし、子孫を作らなければならない。王室や貴族の後継者として生まれたアルファは、みんなそうして自分たちの血統を存続させている。

そこに自分との関係が加わることなど尚央は考えたことはなかった。ただイーサンのそばにいられればいい——それだけしか。

その日から彼と二人きりになるのを避けるように、尚央は寮に戻らず、オーケストラのあるコンサートホール内のレッスン室で稽古をするようにした。

また恋人がどうのという話になるのが怖かった。

尚央は復活祭休暇の前に行われる記念コンサートで、キングス寮代表としてオーケストラを従えてサラサーテ編曲の「カルメン幻想曲」とピアソラの「忘却」を演奏する予定だ。

選曲はイーサン。チャリティーも兼ねたコンサートで、モスクワの国際コンクールで優勝した生徒が出演すると話題になり、すでにチケットは売り切れているとか。

そんな大切なコンサートなのに、心が乱れているせいか、演奏に集中できない。練習に集中できないのだ。「カルメン幻想曲」の超絶技巧は技術で何とか演奏できるけれど、シックで官能的な「忘却」がどうにもうまくいかない。

どうしても味気ない演奏になってしまう。どんな感情をあふれさせればいいのかがわからないのだ。

イーサンはどうしてこんな曲を尚央に選んだのだろう。

バンドネオンを担当するソニーと何度か合わせてみたけれどなかなかうまくいかない。

「忘却は……尚央にはちょっと早いかもな。恋愛したことないだろう？」

「恋愛しないと弾けないの？」

「元々は映画用のインストゥルメンタルだけど、これが有名になったのって、フランス語の歌詞で歌われたからだろ。その歌詞……恋愛の苦しさや切なさ、やるせなさが描かれている」

ソニーの言葉に、尚央はとまどいを覚えた。

恋愛……どんなものを恋愛というのだろう。自分のそれはただただイーサンを好きだというまっすぐな気持ちだけど……これは恋愛なのだろうか。

――恋人になりたくはないのか？

――恋人になりたければ……言え。

――じゃあ、おれ以外と恋愛をするのか。

イーサンの言葉が耳にこだまする。

アルファだからよかった、ここに来られた……と思っていたけれど……その先のことを考えていなかった。

同じ性の持ち主として、一生、彼のそばで生きていくというのが目標だ。

大好きだけど、結ばれることまで――。

「――そこの学生、練習熱心なのはいいが、もうホールが閉まる時間だぞ」

声をかけられ、尚央はハッとヴァイオリンを演奏する手を止めた。

ソニーが練習を終えたあとも、尚央は一人でホール内のレッスン室でヴァイオリンを奏でていた。

消灯時間まで一時間もない。すぐに寮にもどってシャワーを浴び、明日の準備をしなければ。

「……ありがとうございました。失礼します」

尚央はヴァイオリンケースを背負って外に出た。冷気がほおを叩《たた》く。見あげると、ちらちらと雪が降り始めていた。

もう三月末。もうすぐ復活祭《イースター》なのに冬のような寒さだ。

コンサートホールから寮までは、小さな池の横を通って少し歩かなければならない。その近くに温室やボート小屋がある。見た感じも規模もまったく違うけれど、それだけでイーサンと過ごした伯爵家の時間を思いだしてなつかしくなる。

彼にあこがれて、一緒のところに。でもいざここに来るとあの時間を切なく思う。

彼と一緒に生きていきたい。アルファ同士だからできることは何なのか、もっと明確な未来の形を描いていかなければ。

白い息を吐きながら尚央が温室の前を通りかかったとき、ちょうど白百合《しらゆり》を腕にかかえた男性が出てきた。二十代後半くらいの、金褐色の髪のモリスという名の保健医だった。

「ご苦労様、おそくまで。ヴァイオリンの練習？」

「え、ええ」

彼の腕からポロリと白百合の花が落ち、尚央は手を伸ばしてそれを拾った。

「すごい量の花ですね」

道沿いの灯《あか》りが彼の横顔を照らす。綺麗な先生だと評判だが、たしかに近くで見ると、ほっそりとしてちょっと儚《はかな》げな感じの美貌だ。

「ありがとう。復活祭の飾りつけにと用意したんだけど、ちょっとたくさん切りすぎたようだ。あまった分は保健室に飾るよ」

言いながら尚央を見て、モリスは小首をかしげた。

「お母さんによく似ているね」

白い息を吐きながらほほえむと、モリスは一輪だけ百合をとり、尚央の胸にさした。

「……母を知っているのですか？」

「私も伯爵家の遠縁だからね。きみの次の相続継承者なんだよ」

「え……ＩＴ会社のところにいるビクターという遠縁のひとでは？」

「ああ、彼はちょっと会社で不正に手を染めてね。今、裁判中だから相続からははずれると思う」

知らなかった。遠縁だったなんて。イーサンはそんな話は一つもしなかった。ここは代々アルファばかりが教員を務めているので、遠縁がいてもおかしくはないけれど。

「そうですか。母に似ていますか。あまり意識したことはありませんでしたが」

困惑したような尚央の表情を見てモリスはすぐに違う言葉に変えた。

「まあ、でももう縁はないんだったね。きみは伯爵家の養子になったわけだし。伯爵家のなかでは、貴重な直系の子孫だ」

「ええ。伯爵家の男子は育ちにくいと聞いています」

「でも十歳を過ぎれば大丈夫だよ。きみとイーサンは安心だ」

「あなたも……ですよね？」

「私は傍系の遠縁だからね。きみたちのお父さんたちと私の父親がイトコ同士というくらいで」

「ご兄弟は？」

「ああ、異母弟が一人。イーサンのお父さんの会社の顧問弁護士をしているよ。きみもいつかイーサンと一緒に経営に乗りだすの？」

モリスの言葉に尚央は「いえ」と首を左右に振った。

「ぼくは音大に行く予定なので」

「そういえば、コンクールで優勝したんだったね。それならそのほうがいいよ。あの家の莫大な財産に関わったら、命がいくつあっても足りないだろう」

事故のことを思い出した。ボートが転覆した事故は財産絡みだった。あれのせいで、一旦《いったん》、尚央は相続継承者から外されかけた。

(伯爵家の財産か……どのくらいなんだろう)

興味がなかったので考えたことも計算したこともなかった。けれど、モリスの言い方が気になった。それならイーサンは？　第一後継者の彼は危険ではないのか？

「じゃあ、私はこっちだから。おやすみ」

「はい、おやすみなさい」

モリスと別れると、尚央は寮への道の途中で立ち止まった。

(そうか……イーサンと一緒に経営に乗りだす道もあったのか)

彼を守るため、企業に入る彼と一緒にいるために、彼に協力していくためにそれも一つの道かもしれない。

音大では彼の役に立てない。経済学か法学、経営学を学べる学部に進学すべきではないのか。

そんなことを考えていたとき、後ろで草むらを踏み締める音が耳をかすめた。

「尚央……」

背中に響く低い声——尚央はゆっくりと振りかえった。

「今……モリス先生と一緒にいなかったか？」

「あ、うん。遠縁だって聞いてびっくりした」

ああ、やっぱり目の前に彼が現れるだけでドキドキする。

「ああ、前の先生が事故で骨折して、臨時でこの学校の保健医をすることになったそうだ。この前までロンドンの大学病院にいたみたいだけど」

「そうなんだ。遠縁や親族のことは全然知らないけど、医者や弁護士もいるんだね」

「まあな。それにしても寒いな。もうすぐ復活祭なのに。雪になりそうだ。冷える、これを」

イーサンは身につけていたコートをとり、尚央に差しだしてきた。

「ありがとう、でもいいよ、寮は目と鼻の先だし」

「練習、うまくいってなさそうだな」

「知ってるの？」

「音を聴けばわかる。尚央のことでわからないことはないから」

そんなことでもバカみたいに胸が弾む。

「あ、あのさ、じゃあ、イーサンは？　復活祭のチャリティーコンサート、どうしてピアノを弾かないの？」

「おれはスタッフでいいから」

「寸劇に出て欲しいって、毎年、依頼されてるのに断ってるって……みんなが口にしてたけど」

ちらっとみあげると、イーサンは肩をすくめて笑った。

「当然だろ、ヒロインなんて誰が。入学した年のジュリエットから始まって、コーデリア、マイ・フェア・レディの元になったピグマリオンのイライザ、ベニスの商人のポーシャ、今年は……ヴァンパイアに襲われるヒロインのミナ……いい加減にあきらめればいいのに」

「え……今年、吸血鬼をやるの？　綺麗だろうな、ドラキュラに襲われるイーサン……」

想像しただけでうっとりしてしまう。

「あ、でも、イーサンがミナをするならぼくがドラキュラをやる」

「なに、それ。おれがおまえに襲われるわけ？　尚央のくせに、おれを襲うのか」

ありえないと言わんばかりに苦笑し、イーサンが尚央の頭をクシャクシャと撫でてくる。尚央はムキになって反論した。

「そうさ、オメガにしてやるよ、ぼくのオメガに。ドラキュラがミナを仲間にしようとしたように、イーサンの首を噛んで、ぼくのものにする」

「……っ」

今まで見たことがないような鋭い目でイーサンが尚央をにらみつける。氷の刃のような眼差しに胸がドキドキした。

「怒った？」

「何で」

「ぼくのものにすると言ったから」

イーサンはふっと小バカにしたように笑った。

「もういいよ。冗談だよ」

尚央はイーサンに背をむけて寮の玄関にむかって歩き始めた。しかしイーサンが「待て」とその手を後ろからつかむ。

「土曜の午後、ひさしぶりにアフタヌンティーをしないか。レッスン室で、レッスンしながら」

ふりむくと切なげなイーサンの顔を雪明りが浮きあがらせていた。悩ましく切なそうな目。

「……してくれるの？」

「したくないのか？」

「そんなの、したいに決まってるよ」

「じゃあ、用意しておく。ハーブチキンのサンド、ミニハンバーグ、クリームスープ、女王陛下のサンドイッチケーキ、クロテッドクリームのスコーン、桃のジュレの生クリームプディング……それからアールグレイ」

「うれしい」

「それから……デザートには……おれの血……」

イーサンは悩ましげに顔を見つめてきた。

「え……」

イーサンの血？　どういうこと？

「吸血鬼の仲間にするんだろ。なら、飲んでいいぞ」

「……本気？」

尚央はゴクリと息を飲んだ。するとイーサンはおかしそうに笑った。

「バーカ」

「からかったの？　本気にしたのに」

「おまえの悪いくせ。何でも本気にする。言っておくけど、血なんて飲ませないからな。そういうことは吸血鬼になってから言え」

なにが言いたいのか、なにがしたいのかわからない。でもアフタヌンティーが一緒にできるのはうれしい。

「じゃあ、おれはコモンルームに顔を出すから」

最高学年専用の部屋だ。玄関口で一階の部屋にむかったイーサンと別れ、尚央は三階にある自室に向かった。途中、二階の談話室から出てきたクリスたちに声をかけられる。

「ねえ、隠れオメガって尚央？」

突然のクリスの言葉に、尚央は小首をかしげた。

「隠れオメガ？」

「たまにいるんだよ。オメガなのに、性別を隠して、アルファとして過ごしているやつ」

「えっ、そんなこと、できるの？」

「薬で抑制して。それでも発情期には甘い匂いがしてみんなを刺激するから、よっぽど注意してないとバレてしまうみたいだけど」

「だけど……どうしてオメガなのにアルファのフリをする必要が」

「家のためとか、いろいろ理由があるんだろ。オメガは遺産が相続できない。爵位も継げない。それでアルファだとごまかして育てる貴族もけっこういるらしい」

「でも……成人したとき、子供ができなくて困るじゃないか」

「ほかの親族の子を養子にしたり……こっそり隠れて自分で産んだり……いろいろあるみたいだ」

そんなことがあるとは……。初めて聞いたのでびっくりした。

「バレたらいっかんの終わり。制御不能になったアルファの性奴隷にされてしまう」

「でもオメガへの凌辱行為は犯罪じゃ……」

「隠れオメガの場合は……立件しようがないだろ。隠れてアルファの学校に入学しているんだから。

犯してくれって言ってるようなものだ。隠れオメガのほうも後ろめたいから告訴はしないし」

「で……その隠れオメガがこの学校にいるんじゃないかって……最近、噂なんだけど」

「尚央が入ってきたら、ちょっと匂いが変わったから期待したんだ。でもちょっと違うね」

ロビンが困惑した顔で話していると、後ろからほかの生徒も数人出てきた。

「今、誰かと一緒にいた？」

「イーサンとだけど」

「彼が隠れオメガのわけがない……か。イーサンはアルファのなかのアルファだからな」

「そう、欧州のなかでも超ハイブリット」

「父親の家系は、エリザベス女王の時代まで遡《さかのぼ》れるそうじゃないか。母親のオメガで、元ロシアの亡命貴族の家系だろう。しかも皇帝の縁戚《えんせき》らしい」

「そう、それにスペインハプスブルクを始め、あちこちの王家の血を引いている」

その話は有名だ。彼の身体に流れている高貴なブルーブラッド。

「あ、甘い匂いといえばこれかも」

尚央はモリスからもらった百合の花が一輪胸ポケットに入ったままだったことに気づいた。

「あ、それだ。オメガの匂いに似ているな。そんなの持っていると、ほかの生徒から襲われるぞ」

「これは、モリス先生が。復活祭に使うからって」

「復活祭にね。そういえば、モリス先生、いつも甘い匂いがしていて隠れオメガ候補の一人なんだけど……甘い匂いは……その花のせいか」

百合の花のような甘い匂い。それがオメガの匂いなのか。でも自分はこの花の匂いを嗅いでも何にも感じない。やはり性衝動というものとは無縁なのかもしれない。


週末、イーサンと久しぶりにアフタヌンティーができる。

その日を楽しみにしながら、翌日、朝の礼拝に行くと、いきなり教頭からメダルを渡されることになった。

「今年の春のゴールドメダルは、尚央・ハルフォード・アレン。彼に授与することが決まった」

春のゴールドメダルというのは、生徒代表とは別に、成績上位で、芸術やスポーツにおいて優勢な成績をおさめた者が表彰されるものだ。

(ぼくが？　だけどぼくは……まだ編入して数カ月なのに)

名前を呼ばれ、尚央は祭壇の前に進んだ。

「シルバーメダルはイーサン・ニコラス・ハルフォード・アレン。ブロンズメダルは……」

まばらな拍手のなか、イーサンが席を立ち、祭壇の前へとやってくる。

イーサンがシルバーで、自分がゴールド？　ありえない。そんなこと。

「おそれいります」

イーサンは尚央と色違いのシルバーメダルをうけとる。イーサンの嫌いな色シルバー。彼はゴールド以外は好きじゃないはずだ。

じっと見ているとイーサンが手のひらを差しだしてくる。

「おめでとう」

「イーサン……あの……」

イーサンは笑顔で尚央にハグしてきた。ドクドクと彼の鼓動が制服越しに伝わってくる。たとえ成績で負けても、彼が帝王であることには違いない。けれど少し怖い。彼に勝ってよかったのか。

「それでは、尚央を次の監督生に」

イーサンのその言葉にハッとした。編入してすぐにゴールドメダルは……多分、イーサンが推薦したからだ。監督生にするために。彼が六月で卒業したあと、尚央は一年間、まだここにいる予定だ。少しでもいやすいようにと考えたに違いない。

「……いえ、お断りします。まだ学校に慣れていないので……困ります」

尚央はきっぱりと言った。

「帝王の申し出を断ったぞ、あの義弟」「そりゃ義弟のほうが成績が上なんだからな」と聖堂内にざわめきが反響する。

イーサンが信じられないものでも見るような目で尚央を見つめる。

「尚央、そうはいかない。きみは試験でもトップ。総合成績でぼくよりも上だった。だから来期から監督生になる義務がある。ここの生徒である以上、慣れていないは言い訳にならない」

義務――――。断言され、尚央は「わかりました」と答えた。

するとイーサンがもう一度ハグをしてきた。

「ありがとう、尚央、引きうけてくれて。そして勝ってくれて」

耳元で囁かれた言葉に驚き、尚央は目を見ひらいてイーサンを見つめた。

「きみがいなければ、モチベーションが上がらない。この人生にとって必要な存在なんだ」

なぜそんなことを？　なぜ礼を？　その理由が聞きたかったけれど、その場ではそれ以上の私的な会話をすることはできなかった。

「イーサン、もしかして、わざとぼくを一位にしたの？」

寮にもどる途中、生徒が少ないところで尚央はイーサンに問いかけた。しかしイーサンは首を左右に振り、レッスン室に行くようううながしてきた。

「そういうことは、人前で口にするな。誰が聞いているかわからないのに」

レッスン室に入るなり、イーサンが呆れたように言う。

「ごめん、気をつける」

「で、さっきの質問だが、どうしておれがわざと負けないといけないんだ」

「ぼくを守るために……ここでこの先、ぼくが生きていきやすいように」

尚央の言葉にイーサンが深々と息をつく。

「思いあがりだ。そんなことでどうしておれが手を抜かなければならないんだ」

「でも」

「一位になったのはおまえの実力だ。一位になれなかったのは、おれの実力が足りないからだ。それだけのことでしかない。おれを侮るな。わざと負けるようなプライドのない真似はしない」

それは知っている。イーサンのプライドの高さは果てしない。絶対に妥協しないし、不正を死ぬほど憎んでいる。けれど同時に自分のことを大切にしてくれているのもわかるから……。

尚央を横目でいちべつすると、イーサンピアノの前に座った。

「でも監督生をぼくにとすすめたのは、あなたが卒業したあともここでぼくが自分で生きていけるように思ってのことだよね？」

「それはない。実力的にふさわしいと思ったからだ」

「ぼくは日本人の血をひいている。昔からずっと差別されている。ここでも最下層だ」

だからこそ成績優秀な優等生になれるよう努力した。

乗馬もダンスも巧みにこなし、ヴァイオリンコンクールで優勝し、誰にも有無を言わせないだけの学生になるよう努力してきた。自分が生粋のイギリス人ではないという理由なんかで、誰にも文句を言わせまい。東洋の血への偏見や差別に負けたくなかったから。

「差別は最初から分かりきったことじゃないか、この国もこの学校も」

「そうだ、あなたの親族でなければ、もっといじめられていたと思う」

「おまえはそうしたハンディキャップをずっと努力でねじ伏せてきた」

イーサンは立ち上がると、尚央のほおに手を伸ばした。

「そうだよ、あなたと一緒にいたいから」

「なら、どうしておれの恋人にならない」

「ぼくたちはアルファだから」

「だから理解しあえる。だから愛しあえる。尚央をそういう相手だと思っている」

ぐいっと腕を摑まれ、腰から抱きこまれてしまった。

「イーサン……」

「お互いに惹《ひ》かれあっている。誰にも負けない絆があるだろう、おれたちには」

強く手首をにぎる手。イーサンがじっと目をのぞきこんでくる。

「世界で、尚央だけが好きだ」

「……っ」

心臓が音を立てて壊れてしまいそうなほどドキドキしている。イーサン、そんなこと言わないで。ぼくこそ、世界でイーサンだけが好きなのに。

「尚央がいないと生きる意欲が湧かないんだ。尚央がいないと生きていけない」

信じられない、ぼくがいないと生きていけないなんて。

「尚央だけがおれを掻《か》き立ててくれる。モチベーションを上げてくれるからこそ、負けたくないとおまえのことで頭がいっぱいだ」

「でもイーサン……恋愛って勝ち負けじゃないよね？」

「わからない。だけど、自分を掻き立ててくれる存在が愛しい。尚央が。それだけだ」

イーサンがじっと目を見つめてくる。

「ぼくのどんなところに……」

「すべてだ。その頭脳、それからヴァイオリン……それから一途さ……。なにより一途におれを追いかけてくる焔のような激しさ。その内側に存在しているもの。それが欲しくてしかたがない」

あまりにも狂おしそうな言葉に困惑してしまう。好きだなんて、生きていけないなんて——イーサンはなにか勘違いしている。そんな気がして怖い。だって、そんなこと、ありえないから。神さまが自分を好きになるなんて。こんなに苦しそうに告白してくるなんて。

「お願い……そんなこと……言わないで……混乱するから」

「どうして。おれに好きだと言われてうれしくないのか？」

「……怖い」

思わず出た尚央のつぶやきに、イーサンが信じられないものでも見るような目をむけてくる。

「何で。おまえはおれが好きなじゃないのか」

「大好きだよ、イーサンが死ねといえば死ぬし、生きろと言えば生きる。何でもする……でも」

「なのに……どうして恋人にはなれない」

尚央は押し黙った。どうすればいいのか、恋人なんて。

「……ずっとおまえがここにくるのを待っていたんだぞ。思う存分、愛するつもりで」

「愛する？」

「おれが帝王としての地位を築いてきたのも、尚央がきたとき、守れるようにと」

せつない言葉に胸が熱くなり、尚央はイーサンの手をつかんだ。

「ぼく……ぼくの人生はすべてあなただよ。あなたがいるから生きているし、あなたが好きだからここにいる。でも愛しあったら……いろんなことが壊れてしまう」

アルファの同性同士の恋愛は禁止されている。

「もし尚央が手に入るなら、すべて壊れてもいいくらいの覚悟はある。でなければ愛したりしない。自分の人生が壊れてもかまわないと思っている」

「――――っ！」

だめだ、あなたにそんなことをさせてしまうくらいなら、ぼくは死ぬ。あなたの人生を壊すことなんでできない。

「待って……じゃあ、ひとつ……お願いが。あなたの恋人になる。だからひとつだけ……」

真剣にいいかけたそのとき、チャイムが鳴った。授業が始まる時間だ。

「お願いがあるなら早く言え。何でも聞く」

「わかった……じゃあ、夜に。もう授業に行かないと。だから午後八時にここで」

イーサンから離れた瞬間、足元が見えず、尚央はつんのめったように倒れこみそうになった。

「尚央っ！」

イーサンが腕を伸ばし、尚央を転ばせまいと支えてくれる。おかしい、急に平衡感覚がなくなってうまく歩けない。激しい立ちくらみと異常な熱っぽさ。

「しっかりしろ、尚央、尚央っ！」

4　隠れオメガ

「今日は休んだほうがいい。熱があるね」

イーサンに連れられ、医務室へむかうと、モリスが診断してくれた。

「寮生活のストレスだろう。薬を処方する。イーサン、きみは授業に行きなさい」

さらりとした金褐色の髪、眼鏡、端正な風貌。アルファにしては線が細いけれど、その分、安心できそうな温和さが漂う。

「栄養剤の点滴をうっておくよ」

その日はそのまま保健室で休むことにした。甘い百合の香りがする。

「先生がオメガだって疑っている生徒がいましたけど、この香りのせいですね」

次の瞬間、モリスの手が少し震えた。点滴パックが床に落ちた。まさか……。尚央が見上げると、モリスは視線をずらした。

「そんなくだらない噂話をしていないで、きみはゆっくり休みなさい」

モリスは点滴の針を新しいものにかえ、尚央の腕に針を刺した。

「これで熱が下がる。午後は静かに過ごしていなさい」

その日はそれで熱が下がり、夕方にはすっかり元気になっていたが、保健室にずっといたせいか、甘い百合の香りが自分に思い切り染み付いてしまったような気がした。


「おいおい……その匂い、やばいよ」

保健室から出て、キングス寮にもどると、フロアにいた数人の生徒に囲まれた。知らない学生ばかりだ。おそらく最終学年……。

「ぼくを襲ってくれ、オメガですと言ってるみたいじゃないか」

「匂い……するなら、シャワー浴びて……きます」

「待てよ、ちょっと変だぞ、おまえ」

「なんかそってくる。止まらないよ。やばすぎる」

「ちょ……や……」

いきなり廊下の奥の用具室と連れて行かれる。どうしたのか、みんなの顔がいつもと違う。

「やめ……やめてっ……」

「黙ってろ……すぐに済むから。させろ」

「ん……や……っ」

「オメガのにおいさせてるおまえが悪いんだぞ。異様だ、衝動が抑えられない」

「やっぱりこいつが隠れオメガかもな」

「ああ。隠れオメガなら何の問題もなく遊ばせてもらえる」

押し倒され、服をはぎとられそうになる。みんなの目がおかしい。血走っている。それに息も荒い。別の生き物になったみたいにどうかしている。この匂いのせいにしてもおかしい。

しかも尚央自身、彼らに絡まれたとたん、それまで静かだった熱がまた再燃したかのように奇妙なざわめきに肌がふるえる。どうしたのかわからない。ただ、なにかに身体をぐちゃぐちゃにされたいと思うような興奮状態になっている。

どうしよう、怖い。このまま強姦されてしまうの？

両手両足を押さえつけられ、のしかかられ、シャツのボタンを外され、知らない学生の手が皮膚をまさぐっている。死にたくなるような嫌悪と憤りを感じているのに、なぜか肌は異様に汗ばみ、下肢に奇妙な疼《うず》きが生じ始めて怖い。肉体が切り離されていく感覚に恐怖を感じたそのとき。

「やめろっ！」

荒々しく用具室のドアが蹴破られ、尚央にのしかかっていた生徒が身体から引き剝がされる。

ハッと目を見ひらくとそこにイーサンがいた。空気が一瞬で変わる。シンと静まり返り、イーサンが全身にまとっている圧倒的な怒りのオーラにそこにいる全員の表情がこわばり、尚央自身も背筋が凍りつきそうなほどの恐怖を感じた。

「なにをしている、こんなところで、ぼくの義弟と知ってのことか」

冷静だが、これ以上ないほど冷ややかな声。用具室は時が止まったようになっている。

「イーサン……こここ、これは……彼が隠れオメガか確認を」

「そんなわけない。失礼だぞ、ぼくの義弟に対して。早く出ていけ！」

「あ……すみません……はい」

とびあがりそうな勢いで尚央から離れた生徒たちがそそくさと去っていき、用具室の中央で尚央はそろそろと半身を起こした。

助かった……とホッと安堵を抱きながらも、イーサンが現れてから、いっそう身体の熱が増したように感じ、脳は痺《しび》れたようになってくらくらとしている。

「甘い匂いがする……どうしたんだ、いくらなんでもきつすぎる」

「……保健室に……百合の花が……たくさん飾ってあったから」

「百合の花……だとしても。こんなにオメガの匂いをつけて。モリスのやつ、わざとか」

「モリス先生が？　どうして」

「あいつは、おれを嫌っている。正しくは、おれの父親だが。昔、父は彼がたのんできた融資話を断ったことがあった。もうだいぶ前のことだが……そのことを今も根に持っている気がする」

「でも……それで……匂いをつけたりなんて……ん……っ」

「苦しいのか、しっかりしろ」

イーサンが肩に手を伸ばし、尚央を抱きあげようとする。その瞬間、どっと血が逆流し、心臓が激しく脈打つ。自分勝手に血も心臓も踊りだしそうなほどの勢いに尚央は混乱した。

「あ……ん……っ」

「説明はあとだ。早くその匂いをとろう」

イーサンは尚央を抱きあげると、周囲の目を避けるように自室に入り、浴室に入った。そしてはだけていたシャツをそのまま脱がそうとした。

「きつい……甘すぎる……おれまでどうにかなりそうだ」

シャツに触れるイーサンの手。そこから伝わる熱や存在感に腰のあたりが痺れたようになる。

「イーサン……ん……っ……」

身体がかあっとさらに熱くなり、息が乱れてしまう。どうしてなのか、こんなのは初めてだ。本当に自分がオメガになってしまったのか、ズボンの下の性器が興奮してとろとろとしたものが流れ落ちている。いつしか腿《もも》の内側にぐっしょりと濡れたような感覚が広がっていく。

「……離して……っ……ん……このままだと……ぼく……」

声もおかしい。媚《こ》びたような吐息が漏れるのを止められない。

尚央はとっさにイーサンに背を向けて浴室を出ようとした。しかし肩をつかまれ、背中から抱きよせられてしまう。

「本当に……オメガになったのか?」

耳元の囁きにすら、身体がヒクヒクとしてしまう。やっぱり本当にオメガになってしまったのだろうか。

どうしよう、そうなったら、この学校は退学だ。せっかくイーサンのそばに来られたのに。

いろんなことが頭のなかを駆けめぐり、どうしていいかわからず、すがるような目でふりむくと、後ろからそっと尚央の首筋に顔を近づけてきた。

吸血鬼のような感じで噛まれ、「つがいの契約」のようなことをするのかと思ったけれど、イーサンの唇が触れたのは尚央の唇だった。

「イーサ……っ……ん……っ」

唇が重なりあう。それだけで背筋から腰へと一気に痺れが奔《はし》っていく。

以前の約束のキスとは違う。熱っぽく押しあてられ、啄ばむように唇を食《は》まれたとたん、全身の力が抜けていく。いつしかイーサンの手が胸に触れ、そこから広がるぞくぞくとした痺れに耐えられなくなっている。

「ん……っ……怖い……どうしよ……オメガになってしまったら……」

唇が離れると、尚央は泣きそうな、それでいてどこか甘ったるい声を出していた。そんな自分がたまらなく恥ずかしい。ズボンの内側が自分から出たとろみのある雫で蒸れているのがわかる。

「このまま抱くぞ」

抱く——その言葉に、ざぁっと甘い疼き奔流が身体を駆けぬけていく気がした。

それはアルファがオメガを抱くように？　今まで抵抗していたのに、なぜか、イーサンの腕に抱きしめられたくてどうしようもない衝動を感じていた。

「怖い……なにもかも……知らないから……」

「キスも身体もおれ以外に触らせるな」

「誰も抱くな。誰からも抱かれるな。ずっとおれの恋人でいればいい」

「……」

「だけど……っ……」

「約束する、おまえ以外とは結婚しない」

「そんなの。そうなったら伯爵家の血統は……」

「どうでもいいだろ、おれのことは。欲しいのはおまえの答えだ。一生……おまえだけを愛する。だから恋人になるんだ、頼む」

そんなふうに懇願しないでほしい。みんなには帝王だけど、ぼくにとってイーサンは神だよ。そんなこと言われると、止められなくなってしまうじゃないか。将来のこととか、伯爵家がどうなるかとか、今、冷静に考えられないのだから。熱のせいで頭がまわらないのに。

多分、そのせいで本当に自分でもまだよくわかっていなかった本音——自分がどうしたいのかが、あらわになってくる。昔、彼のピアノと歌を聴いて、感情というものが芽生えたように。昔、彼のケーキを食べて味覚というものを知ったように。

今はただただイーサンが欲しくて欲しくて欲しくて。自分をめちゃくちゃ抱いて欲しくて、この肉体を彼で満たして欲しくてどうしようもない。イーサンが好きという気持ちの先に、こんなにも激しくどうしようもない欲望が潜んでいたとは。

「して……恋人に……」

言ってしまった。声はかすれていたけど、怖いくらい自然に言葉が出てきた。

「……イーサンが好きだ……だから抱いて……」

「いいのか」

耳元で問いかけるイーサンの吐息が熱い。尚央は震えながらうなずいた。

「好きにして……お願い……」

「おれの好きは……おまえの好きと同じでいいのか？」

「……そう……だよ」

うつむき、尚央は小声で呟いた。多分、同じ「好き」ではないと思うけど。きっと自分のほうがおかしいくらい好きだ。

「おまえがモリスのせいでオメガになったとしたら……遠慮なく、つがいにする。孕ませて、子供を作ればいいだけだ。神聖で、尊くて、この世界のすべて。だからつがいにしていいか？」

「でも……ぼくは……アルファのままかも……しれないよ」

「真似ごとだ。二人が生涯の伴侶《はんりょ》になるための。もし違っていても、おれ限定のオメガになればいいだけだ。呪いをかけてやる」

イーサン限定のオメガ。ああ、そんなオメガになれたらどれだけ幸せだろう。外では、アルファとして彼と同じ時間を生き、ふたりきりになるとオメガとして彼のものになれたら。

「そうして……呪われたい……呪われて……あなたの前だけ……オメガになりたい……」

ありえないのに、そんなことを口走っていた。真似ごとでも何でもいい。

ゆっくりと尚央のシャツの下に手のひらを添え、乳首に彼の爪が触れると、かあっとそこから痺れたようにな疼きが広がっていく。と同時に、彼が好きだという気持ちが胸をいっぱいにする。

「ん……ふ……んん……っつ……あ……っ」

だめだ、こらえようとしても、とぎれとぎれに声が出てしまう。熱を帯びた吐息が浴室に反響する。ぐりぐりと乳首を弄《いじ》られるのが心地よくてしょうがない。腰から砕けてしまいそうだ。

「小さな乳首……かわいいな」

「な……っ……あっ……」

恥ずかしい。乳首がかわいいだなんて考えたこともなかった。

「こんなにやわらかくて、感じやすいなんて。絶対……生涯、誰にも触らせるな」

何て心が狭い。こんなひとだったなんて。でもとても素敵だ。

信じられないほど、おれ様で、めんどくさくて、でも神々しくて……天国の神さまというより、もしかすると地獄の魔王という方があっているような……そんなところも大好きだ。

「……ん……ふ……っ……んんっ……」

指先でつぶされたり、捏《こ》ねられたりするうちに甘い心地よさに気持ちよくなって完全に身体から力が抜けてしまって、いつしかイーサンにもたれかかっている。

「尚央……大好きだ……これまでもこれからも……ずっと」

耳元で囁かれるイーサンの言葉に首筋のあたりが痺れたようになってしまう。

彼の腕にくったりと身をゆだね、そのまま浴室を出てレッスン室のソファの上に横たわらされる。ズボンや下着を脱がされると、あらがう気はないのにやはり身体がこわばってしまう。

「……っ」

それでもひらいた足の間の内腿《うちもも》が外気に触れたとたん、ひんやりとした感じがして、改めてそこが濡れていることを実感して恥ずかしくなる。

「尚央の身体……オメガのようだ……後ろ……濡れてる」

「やだ……そんなこと……言わないで……」

イーサンの指がすぼまりに触れ、グチュっと淫猥《いんわい》な音が耳に触れる。

やはり恥ずかしい。自分が自分じゃないみたいだ。やがてゆっくりと感触を確かめるように彼の指が体内に挿ってくると、たまらず粘膜が収縮する。同時に尚央の身体もかたくなっていた。

「ん……っ」

「大丈夫だ。息を吐いて、力をゆるめて、おれにまかせろ。おまえを愛するだけだから」

優しい声で囁きながら、イーサンが尚央の背に腕をまわす。以前よりもずっとたくましくなった胸にすっぽりと包まれると、シャツ越しに彼の鼓動が伝わってきた。

ドクドク……と尚央と同じように緊張している感じが伝わってきて、そこから全身があたたかく満たされるような気持ちになった。ああ、彼も緊張している。彼もドキドキしている。そう思うと愛しさがこみあげ、生まれて初めて「愛される」ということへの喜びを肌で実感した。

「……っ」

そして気づいた。これは欲望や発情ではない。純粋に愛しているから自分の身体も熱くなり、こんなにも愛おしさがこみあげ、幸せなのだ、と。

このまま彼とつながって死んだとしてもかまわない。この世界のすべてを失っても、この腕のなかで命が尽きたら幸せだ。大げさかもしれないけれどそんなふうに感じ、尚央はイーサンの背に腕をまわしていた。

「あ……っ……っ」

イーサンの手が尚央の腰を引きつける。次の瞬間、後孔に彼の猛りを感じた。熱くて、かたいものが体内へと侵入しようとしている。怖いけれど、埋められたい。そう思ったとき、ぐうっと尚央の内側にイーサンの肉塊が挿りこんできた。

「く……っああ……ああっ、あああ——っ」

その圧迫感と初めての行為の痛み。さすがに苦鳴のような声が出る。ここが防音でよかった。こんな声が漏れたら大変なことになるだろう。

「尚央のなか……熱い……」

息苦しそうにイーサンが腰をすすめてくる。じんわりと粘膜を広げられ、体内を埋め尽くされていくのがわかる。どくどくと鼓動のように体内で彼のそれが脈打つ。その振動を腹部に感じるうちに尚央の胸は切なさと狂おしさでいっぱいになる。

「イーサンのも……熱い……熱くて……っ……溶けそう……」

ああ、イーサンが自分のなかにいる。少しずつ彼が膨張しているのがわかる。その脈動が振動している。刺激を感じるたびに自分たちがつながっているのだというのがはっきりわかって尚央は泣きたくなるような幸せを感じた。

「おれも……溶けそうだ」

言いながら、イーサンがゆっくりと腰をグラインドさせ、尚央の奥を突いてくる。

「ああっ……あっ、ああっ」

彼の腰が動くたび、擦れ合った場所に熱が奔って本当にそこから溶けてしまいそうなすさまじい快感が広がっていく。

「あ……っ……っ……っんん……っ……っああ……っ……だめ……い……く……っ」

強く突かれ、ぐいぐいとおしあげられていく。自分で自分がどうなっているのかわからない。今、わかるのは、イーサンが好きで好きでどうしようもないことだけ。彼と結ばれる喜びと幸せに自分がとても満たされていることだ。

本当は違うことを頼むつもりでいたのに。この関係は学生時代だけの遊びにして。ぼくは本気だけどイーサンは本気にならないで——と頼むつもりで『お願いがある』と言ったのに。

もう止められないと思った。つがいの契約を結んではいない。真似ごともしていない。けれど、この日、ふたりは魂のつがいになった。そんな実感を得ていた。

「——尚央……きみ、本当に隠れオメガじゃないよね」

復活祭のチャリティーコンサートの練習をしていると、指揮を担当しているジェイムズが困惑したような顔で尋ねてきた。

「違うけど……どうして……そんなことを……」

「きみがいると甘い匂いがしてみんなが落ちつかない。この前もレイプされかかったという話じゃないか。イーサンの手前、みんなも我慢しているけど、尚央が近づくとむらむらするって」

あれ以来、百合の花が飾っている場所には行っていない。それでもオメガのような匂いがするのなら、もしかするとまずいことになっているのかもしれない。

尚央は不安になり、モリスのところに行った。

思い当たることがないわけではない。イーサンと過ごしているときは元気なのだが、それ以外のとき、異常なほど身体が熱っぽくなってしまうのだ。だるいし、肌が疼くような奇妙な感覚にも襲われる。それにめまいがして足元が見えにくくなり、転んでしまうことも多い。

「少し熱っぽいな。専門医に診てもらったほうがいい」

モリスに相談すると、彼は深刻な顔をした。

「……どこか悪いのですか」

「うーん、ちょっとね、不思議な感じがするんだよ。大学病院に行ったほうがいい気もするけど、その前に、簡単な検査をしようか。これを飲んでみて」

白い錠剤を渡される。

「これ……？」

「精密検査を受ける前に、この薬を。体調が戻るようなら単に思春期特有のものだ。気にしなくていい」

「分かりました」

言われるまま、尚央は薬を飲んだ。思春期特有のもの？　よくわからないけれど、五分もしたら身体がすっきりとしてきた。

「……」

尚央は驚いた顔でモリスを見つめた。

「おちついた？」

眉をひそめ、さぐるように訊いてくる。

「え、ええ、すっきりしています」

尚央はホッと息をついた。しかしモリスは深々と息を吐いた。

「先生？」

「そうか……そうだったのか」

困ったように言うモリスに尚央は困惑した。

「なにか問題があるのですか」

「まずいな、困ったことになってしまった」

今、この薬を飲めばよくなると言われ、飲んだのだけど。

「尚央、正直に答えてくれ。きみ、男と寝たことはあるか？」

唐突な質問に、思わず尚央の顔は引きつってしまった。心臓がはねあがりそうだ。

「男と……いや、正しくはアルファの男性と……寝たことは？」

ここ数日、イーサンと毎夜のように身体を重ねているけれど。そもそも、そんなことをどうして訊かれなければいけないのか。

「なぜそれを言わなければいけないのですか」

「身体がオメガ化している可能性がある。これは抑制剤だ」

モリスの言葉に、尚央は耳を疑った。

「……オメガ化って……そんなこと……」

初めて聞いた。授業でも習っていない。隠れオメガというのもこの前知ったばかりだけど、今度はオメガ化……。

「思春期に、たまにあるんだが……教えなさい、誰か……アルファの男と寝たのか？」

モリスの問いに尚央はうつむいた。

「イーサンか」

「あ……いえ、違います」

とっさに否定した。

「では……相手は」

じっと見つめられ、尚央は視線をずらした。

「わかりません……知らない相手と……」

「…男が……好きなのか」

「いえ……ただ……この前、百合の匂いがして……誘われて……それで……」

「きみは一度も外出していないよね。だとしたら、相手はこの学校の生徒ということか」

「え、ええ……でも名前もなにも……知らなくて。顔もおぼえていません」

そういうことにしておかなければ。それにしてもどうしよう、身体がオメガ化しているなんて。

「とにかくこの抑制剤を飲んでしばらく過ごしなさい。今、オメガの発情期が来ているのだとしたら、一週間は体調不良と言って部屋から出ないように。食事は運ばせるようにしよう」

「ありがとうございます」

「とりあえず血液検査をしよう」

「はい」

それでオメガだったときは、運命が１８０度変わってしまう。

ここをやめなければならないし、オメガとして新たな人生を歩み始めなければならない。


部屋にもどると、イーサンがレッスン室から入ってきた。今、モリスと話をしたことをイーサンに伝えるべきかどうか。

「実は……」

それでも言わないといけない。そう思い、尚央は正直に話をした。

「相手がおれだとは……言わなかったのか」

「まだどうなのかわからないから……」

「言っても良かったのに」

「そんなこと……全部壊れてしまう」

「おまえが壊したければ全部壊していいんだぞ。言っただろう、最初からそのくらいの覚悟をしていると。失って惜しいものなんて何ひとつない。おまえ以外に」

「ぼくだってそうだよ。だから……言えない。まだどうなるのかわからないのに」

「モリスはなんて？」

「……たまに思春期にあるみたい。生徒のなかにも、アルファと性行為をしたことでオメガ化してしまった例もなくはないみたいで」

「オメガになるのならなればいい。おまえはおれのものだろ。オメガのフェロモンが出てしまうなら、改めておれのものにする」

「……待って……」

そのとき、モリスから呼び出しの内線がかかってきた。血液検査の結果を伝えたいと言われ、尚央はあわてて保健室にもどった。

「大丈夫だ。きみの血を検査キットにかけてみたが、アルファのままだった。もしかすると、アルファと寝たことで、身体のなかに潜んでいたオメガの遺伝子が活性化したのかもしれない」

「そう……でしたか」

「くわしく知りたければ、夏にでも専門の病院で精密検査を受けたほうがいい。ドクターに友人もいる。紹介状を用意するから」

「わかりました。心配なので、夏にでも……」

モリスはパソコンの画面をひらき、病院のホームページを見せてくれた。オメガ専用の病院だ。

「そうだね」

「こういうことって……よくあるのですか」

「慣れない環境の変化から、ストレスで、そうなった可能性も高い。また熱が出るようなことがあったら気をつけて。万が一のことを考え、オメガ専用の抑制剤を渡しておく。でないと、ほかの生徒を刺激して、集団でレイプされてしまう危険もある」

「……レイプ……ですか」

この前のように？　みんな、まるで人格が変わったようになっていたけど。

「過去にそういう事件があったんだ。アルファはオメガのフェロモンに刺激されると抑制が効かなくなるからね。生徒全員にレイプされることだって」

「そんな事件が？」

「ああ、生徒全員ではないけど……私がこの学校の生徒だった時代、集団で襲われた生徒がいたんだ。でも表沙汰《おもてざた》にはされていない。この学校は閉鎖空間だ。なにがあっても表沙汰にはできない。きみも安全を考慮して、アルファとは極力一緒の空間にいないように。薬が効いていたとしても……アルファを刺激してしまう可能性がないとは言えないからね」

「ですが、来週、復活祭のイベントが。ぼくはチャリティーコンサートでヴァイオリンを。初日と最終日に出ることになっているんです」

「欠席するんだ、どんな理由でもいい」

「無理です。最終日にゴールドメダルの授与式もあるんです。血液検査の結果がアルファなら、薬で抑制すればなんとかなりませんか」

「たしかに……なくもないが……だが、もしオメガ化しているのが学校側に知られ、その原因がほかの生徒との性行為だとわかった場合、きみは退学……そしてきみをオメガ化した遺伝子を調べ、相手を特定して……その相手も退学……は、まぬがれないだろう」

「————っ」

尚央は顔をひきつらせた。

「そんな……ぼくがセックスしたくてしただけなのに。相手に迷惑をかけることは……」

「とにかくじっとしていることだ。まあ、でも、本当にオメガになってしまったら、チャリティーコンサートどころか、その前に退学だけどね」

どうしよう。できない。コンサートを休むことなんて。伯爵家の一員として、来期の監督生としてきちんとやりとげようと思ったのに。でも、もしこの身体の変化を学校側に知られたら……イーサンは退学になってしまう。そうなったら彼の将来は？　伯爵家の相続は？

尚央はどうしていいのかわからないまま、できるだけ生徒たちと会わないようにして自分の部屋に戻った。

「どうだった？」

「あ……うん、アルファのままだったって。ただ薬を飲むようにとは言われた」

言えなかった。イーサンはもうすぐ卒業だ。復活祭が終わったら、五月から七月の本格的な大学入試に向けて集中しなければならない。ケンブリッジか、オックスフォードか。

「アルファにもどったのならそれでいい」

「じゃあ、ぼく、復活祭のコンサートの練習をするから」

「伴奏……しようか？」

「い、いいよ。イーサンのピアノでやっちゃうと、オーケストラと合わせられなくなるから」

尚央はヴァイオリンを演奏し始めた。

「ピアソラ……演奏しやすいか？」

「わからない。……ただあの曲は、これまでみたいに前にぐいぐい行く感じじゃなくて音にゆったりと乗っかっているみたいで……今までと違う感じがする」

「まだ硬かったけど……泣きのヴァイオリン……本領発揮だ。好きに演奏してみろ」

イーサンが斜め後ろからじっと見ているせいだろうか。楽器に触れているほおのあたりがじんわりと熱くなっていく。

何だろう。今日は特に不思議だ。音をゆっくりと響かせているうちに楽器と自分の身体が溶けあっていくような感覚を覚える。

淡いライトの光を頭上からうけた尚央の細長い影が足元へと伸びていく。今、彼の目にはどんな自分が映っているのだろう。彼の耳にこの音楽はどんなふうに響いているのだろう。

イーサンの眼差し――――。

その双眸に炙《あぶ》られているような気がしてくる。衣服の下まで裸にされたような。

「……ん……」

身体の奥がセックスをしたときのように疼く。

このピアソラの旋律がとてもけだるそうで、彼と寝たあとの明け方を思い出してしまうせいだろうか。音の一粒一粒がとてもエロティックで、イーサンの視線と絡みあって皮膚に溶けていくような気がして、楽器を持つ手が震える。

右手は弓を持ち、左の手は弦に触れているのに、なぜか右手で乳首を、左手で下肢をさぐっているような妖しい感覚にとらわれていく。

弦はこれ以上ないほど繊細な音を出している。そう、彼に触れられたときの自分の吐息のように、甘くて、少し弱々しくて……それでいて熱がこもっているような音。

触られたい。抱きしめられたい。

そんな衝動のまま演奏を終えると、後ろからイーサンが近づいてくる。そのままの姿勢でいる尚央を後ろからそっと抱き、イーサンが首筋に顔を近づけてきた。襟元をかすかにくつろげ、歯を立てて噛みついてくる。まるで「つがいの契約」のように。

「吸血鬼ごっこ……ではなく、つがいの契約だ。おまえの安全のために」

イーサンの言葉に尚央は目をみはってふりむいた。

「え……」

「もし万が一、またオメガ化するようなことがあったら困るだろう。すごく甘い香りがして……このままだと、尚央、かなりやばいと思う。ほかの生徒に襲われる。だから……もしものことを考え、オメガ化しても大丈夫なように、おれのつがいにしておく」

尚央は首筋に手のひらを当てた。指に触れているだけでもわかる。くっきりと残っているイーサンの歯型。本当のオメガなら、ここを噛まれたあと、ほかのアルファを刺激することはなくなる。その相手だけしか。

「ありがとう、気休めでも助かる。そうなったら、ぼくだって困るから」

いっそ本当にオメガだったらよかったのに。という思いが湧いてくるが、そうなったら、イーサンと一緒にここで過ごすことはできない。

彼は尚央の存在によって、掻き立てられ、がんばれると言っていた。負けたくない、勝ちたいという気持ちが強くなって、生きている実感が湧く、と。

それはアルファ同士だからこそ。同じところに立ち、切磋琢磨《せっさたくま》しているからだ。オメガなら、彼を掻き立てはしない。ここで学ぶこともできないし、仕事を選ぶこともできないのだから。

「このまま抱いていいか？」

イーサンが尚央を反転させ、抱き寄せる。胸と胸とが合わさり、互いの鼓動が触れあうと、尚央の胸はさらに高鳴る。

もう一度、今度はキスをするように首筋に唇を押し当てられ、別の手で腰のあたりをさすられているうちに、こもっていた熱が皮膚の奥でじわじわと温度をあげていく。シャツの下ではそれまで皮膚に埋もれていた乳首が硬くなってきているのがわかった。

「……っん……」

「尚央……色っぽくなったな、音もなにもかも」

首筋から鎖骨、それから乳首へと彼の唇が移動していく。

「ロシア音楽やスペインの音楽があっていると思ったけど……おれと寝てから……音が淫らになったな。ピアソラが合う」

「……っ」

そうかもしれない。セックスを知ってから、愛や官能を表現したいと思うようになった。イーサンと紡いでいる時間の狂おしさを。

前はそうではなかったのに。ただただどんどん前に行くことだけを考えていたのに。

「おまえは……アルファだけど……おれ限定のオメガだから。さっきのは、ほかの誰にも発情がわからないように願うおれの呪いだ」

「うん……アルファのままでよかった。オメガになったら、もうイーサンのそばにいられない」

「おまえがオメガになったら結婚する」

当然のように言うイーサンの言葉に、尚央は息を止めた。

（そうだね。そうしてくれたら……ぼく……何人でもイーサンとの赤ちゃんを産むよ）

でもダメだ。イーサンは、貴族の後継者として、アルファの女性と結婚しなければ。オメガは契約関係で愛人としてつがいにするだけ。

「おまえの身体が一時的にもオメガになったのも……おれの呪いだ」

やっぱり神ではなく、魔王だ。尚央の首筋を何度も何度も狂おしそうにイーサンがついばんでくる。皮膚が熱くなって彼が欲しくなってしまう。

「だけど……もう元に戻った。ぼくは……アルファだから結婚は無理」

「それでもおまえと結婚する」

「冗談言わないで。法律でも禁止されているのに」

「関係ない」

言いきるとイーサンは尚央のほおに手を伸ばしてきた。

「おれはおまえ、おまえはおれ。アルファもオメガも関係ない」

天井の灯りが彼の双眸を淡く照らす。その眸の色はふたりが過ごしたヨークシャーの空の色のように冷たく淡い。

「あなたは……どうしてそんなにぼくを……」

尚央は怖い気持ちになり、イーサンを見つめた。

「おまえは違うのか？　どのくらいおれを愛してる？」

「あなたは……いつもぼくの中心……いや、ぼくの神……ぼくの人生のすべてだけど」

「おれもそうだ」

イーサンは勝ち誇ったように微笑した。

「同じじゃダメだ、ダメだよ、イーサン。あなたはぼくと違うだろ。大貴族の後継者で、生まれながらに選ばれたひとで……」

「ならおまえも同じだ。おれがいなくなったら、おまえが伯爵家の後継者だ」

「あなたのいない人生は……ぼくにはないよ」

「それも同じだ。だから責任を分かちあって……一緒に生きていってほしい」

イーサンは尚央の手首をつかみ、手のひらにキスしてきた。

責任――――。

「仕事を……一緒に？」

「そうじゃない、尚央はヴァイオリンで世界を征服しろ。おれはビジネスで成功する。でもたがいの帰る場所は、いつも恐竜伝説があるヒースランド村のマナーハウスだ」

「……イーサン」

「結婚するんだ、ふたりだけで。多分、これ以上ないほどおれたちは愛しあっている。誰に認められなくても、爵位を継ぐ相手を作れなくても……永遠にふたりだけ。それではダメか？」

「イーサン……ダメだ。あなたは爵位を継いで、ちゃんと子孫を残さないと」

「でもおまえは……それでいいのか？」

尚央は押し黙った。

それでいいのか……。永遠にふたりだけ。アルファ同士だけど、自分たちだけの意志で結婚する。

そんな素敵なこと……言わないでほしい。夢を見てしまう。そうしたいと思ってしまう。でも、それでいいの？　養子になったとき、イーサンの父親から言われた。

『きみには、かなりの金額の投資をした。ヴァイオリンの才能は、もちろんきみが持って生まれたものだが、家庭教師、音楽教師、メイド、使用人……大勢の人の思い、なによりも私の母――きみの祖母が教育を受けさせたいと思ってくれたからこそ今のきみがある。それを忘れないように』

伯爵家の人間として生きていくため、十分な教育をしてきた。それは、将来、爵位を守るもの、イーサンを支えるものとしての役割を当然のように背負うため。

（なのに……ぼくは奪っていいの？　イーサンの未来も……自分の背負うものも）

愛だけですべては済まされない。どうしようもないほど愛しているけれど、イーサンと破滅に向かってふたりだけで生きていくことが許されるのか？

それを思うと現実が重すぎて涙が出てくる。子供のころは良かった。ただただイーサンだけを見て生きていれば良かったのだから。でも今、ここにきて、彼の後に続く伯爵家の人間という立場になって、初めて自由ではいられないことに気づいた。

「イーサン……あなたはあなたの役目を果たして。ぼくは愛人のまま、あなたの人生の時間を少しだけ分けてもらえたらそれでいいから」

尚央は祈るように言った。

「らしくない。どうして利口ぶったことを言う。勝利以外、存在しないんじゃなかったのか」

そうだよ、ぼくにとっては勝利しかない。でもイーサンを自分だけのものにすることを勝利とは思えないんだ。いや、それはむしろぼくにとっては負け。

愛は奪うものではない。たがいしか見えない世界でたがいだけのために生きるのではない。

「ぼくの愛は……変わらない。ぼくにとってイーサンはすべてだ。だから安心して、イーサンは伯爵家のための人生を歩んで。それがぼくの勝利なんだ。このままだとふたりして破滅してしまう。ぼくはそれは嫌だから」

尚央は笑顔で言った。しかしイーサンには伝わらなかったのか、彼は首を左右に振り、「そんなことできるわけがない」と尚央に背を向けた。


イーサンの求めている愛がわからない。責任と義務を背負わなければならない立場なのに。

それ以来、なんとなく二人の間にギクシャクとした空気が流れ始めた。その一方で復活祭のチャリティコンサートは大成功に終わった。

演奏前、また熱っぽくなって、念のため、モリスにもらった抑制剤を飲んだ。

(もしかして……ぼくは……オメガに?)

どうしよう。本当にそうなったらどうなるのか。イーサンと結婚して、子供を作る——?

オメガは自由に仕事を選べない。ヴァイオリンで世界一のプロになるという目標は消えてしまう。

それはかまわないけれど……。

むしろそうなったほうがいいのかもしれないけれど……せめてイーサンの卒業まではここで過ごしたい。オメガではなく。アルファとして生きることしか考えてこなかったのだから。

「ひさしぶりだね、このあたりも」

復活祭のコンサートのあと、一週間の休暇があり、四年半ぶりに尚央はヨークシャ地方の伯爵邸へもどることになった。

今、祖母は体調を悪くして南のほうで静養しているため、ここに親族は誰もいない。イーサンの父親と養母はＩＴ事業のため、恐竜伝説のある湖水地方にいる。

「たまには昔みたいに過ごさないか」

昔のよう――セルゲイはいないけれど、故郷で一緒に過ごせることに尚央は喜びを感じていた。

子供のころの思い出の温室はもう今はない。なので、近くにある似た場所にお弁当を持っていくことにしたのだ。

イーサンの馬に乗り、風の強い丘を駆け抜けていく。イーサンに馬に乗せられたときのことや母に連れられ、初めてきた日のことを思いだす。

「ここ、うちの土地なんだが……街の住人は……ここの風景があまりにも荒涼としているので『嵐が丘《おか》』と呼んでいるようだ」

髪の毛は乱れ、ほおが痛くなるほどの強風が吹いているなだらかな丘、それから湖のような谷底。

その風景を一望をできる狩猟小屋の脇に馬をつなぐと、イーサンは小屋の陰になって風がちょうどよけられる場所に立つ木の下に持ってきたシートを敷き、ランチボックスをおいた。

「わあ、ここから見ると荘厳だね。紫色の絨毯《じゅうたん》が敷かれているみたいだ」

尚央は小屋の前に立ち、丘陵を見下ろした。

春らしいベビーブルーの空の下、石造りのどっしりとした十字架が道しるべのようにあちこちに建てられている。谷底のむこうに伯爵邸がうっすらと見える。

実際は、あの小説の舞台になった場所とは違うけれど、尚央がここにきたとき、小説と同じように赤紫色のヒースの花が大地一面をおおっているのが印象的だった。だからそんなあだ名をつけて呼んでいるのだろう。ヒースの花が咲いているだけの、ともすれば荒涼とした印象の丘のふもと。嵐のような風が吹く丘という名前の通り、強風が吹きぬけていた。

「今は春先のヒースが咲いている。秋咲きのヒースよりも、香りが少し濃いんだ」

「そういえば、甘くていい香りが運ばれてくるね」

「ああ。ここは春から秋までずっと花が咲いている。雪の季節以外は紫色の世界だ」

尚央の隣に立ち、イーサンが荒野を見下ろす。

「……恐竜伝説の村もヒースの花が咲く。でも、どうせ死ぬなら、ここで眠りたい。セルゲイと一緒に。誰も邪魔するものがいなくていい。だからいつか尚央も一緒にここに」

「あの小説みたいに？」

横顔を見ると、イーサンが乱れた髪をかきながら「ああ」と微笑する。

「あの小説は……悲劇だと言われているけど……おれはそうは思わない。永遠にふたりの霊は一緒にいられるんだからな。ある意味、うらやましい。おれも尚央と幽霊になって一緒にいるつもりだけど」

「ぼくもそのつもりだよ」

ほほえみかけると、イーサンが唇を重ねてくる。風だけが吹き荒れている誰もいない荒野。幽霊になったあと、ここで永遠に暮らせたらどれだけ楽しいだろう。アルファもオメガも爵位も法律も身分社会もなく、ただただ自由に愛しあっている者同士として——。

「さあ、ランチにしよう。今日は尚央のために特別に日本風のアフタヌンティーを用意した」

「うわっ、すごい」

イーサンがバスケットをひらくと、一段目においしそうなビーフカツサンドが入っていた。

「日本風って？　ぼく……そういえば、日本の料理、食べたことないかも。とってもおいしい」

サクサクのキャベツの千切りをふわふわにしたポテトサラダとまぜたものと、カリカリに揚げた赤身のビーフカツレツを白いパンに挟んだもの。

噛み締めた瞬間、ジューシーな肉汁がトロッとあふれる。さらに噛んでいくうちにポテトサラダのアリオリマヨネーズと絡みあって果てしなく食欲がそそられる。

「この前のとどっちが好きだ？」

「この前のって、トマトと卵とローストビーフのサンドイッチ？　それともその前の、根菜をマヨネーズであえて、カリカリチキンの唐揚げのスライスと一緒にはさんだやつ？　ぼく、どれも全部好きだよ」

「それは困る。もっと好みを伝えてくれないと」

「だって、どれもおいしいから。こういうの、イギリスではあまりなくて日本に多いんだよね？」

サンドイッチをほおばったあとは、アフタヌンティーのように、保温ポットで淹《い》れたハーブティーを飲みながら、ちょっとだけ甘いお菓子を食べる。

今日は女王陛下のサンドイッチケーキではなく、パンケーキとスコーンだった。付け合わせはクロテッドクリームと桃のジュレだ。

「この濃厚な味、食べていると幸せな気持ちになるね」

コクのあるクロテッドクリームの濃厚さ。それだけで食べると濃すぎるのだけど、スコーンにのせると、あまりのおいしさに切なくなるほどだ。つぶつぶとした果肉入りのジュレの絶妙なおいしさもたまらない。舌の上でスコーンととろとろに溶けあったかと思うと、桃の甘い香りがふわっと口内に広がっていくのが好きだ。

「ジュレは、これだけで食べたほうが美味しいぞ」

「え……」

「なかに桃だけじゃなく、苺とオレンジの果肉も入っている」

「あ、本当だ、ジュレが透明で綺麗だ」

声をはずませる尚央に、イーサンが微笑する。

「だろ？」

うん、とにっこりと微笑しながら、ジュレの甘さと果実の酸味の絶妙のハーモニーを味わう。なんという幸せだろう。桃のジュレをスプーンにとり、イーサンが尚央の口の先に近づけてくる。

「それより、もっとたくさん食べろよ。もう割り箸のような体型なんて言わせないから」

ジュレだけを？　スプーンにこんもりとのった桃のジュレをちらりと見ながら、尚央は唇をうっすらと開けた。イーサンはとてつもなく幸せそうに笑ってスプーンをつきだしてくる。

「その顔……変わらないな、子供の頃と同じ」

「変……？」

「いや、めちゃくちゃかわいい。ここにあるの全部食べていいから、おれに尚央を食べさせろ」

「え……」

「ほら、もっと大きくあーんして。でないと入らないぞ」

「あ、うん」

案の定、きちんと口の中に入らない。口の端や唇にジュレをくっつけたまま、尚央は口の中に入り込んできたとろとろのジュレをごくんと呑みこんだ。

なんというおいしさだろう。最初にふわっとミントの爽《さわ》やかさが口内に転がったかと思うと、続いて桃の濃厚な甘さがやってくる。そのあと、清涼感が口内から全身へと広がっていく。

「それから、こっちも。日本風のケーキを作った」

「ええっ、作ったって？」

「おれが。おまえに食べさせようと。今のスイーツも全部おれの手作りだ」

「うそ……」

「ビーフカツサンドもすべて。これまでおれがおまえに食べさせたものはすべて」

「作らせたって……」

「そう言った方がプレッシャーを与えなくて済むと思ったからだ。基本的に尚央の口に入るものは、学校の食堂以外では、全部おれが作った食事だけにしたい。このケーキも食べてみろ」

緑色と黒っぽい色の二段重ねの不思議なチーズケーキだった。

「うわ、なんか不思議な感じ。宝石みたいなケーキだね」

「これは抹茶《まっちゃ》という茶葉の粉で、こっちの小豆《あずき》は甘い豆だ。それからなかに挟まっている柑橘類《かんきつるい》は柚《ゆ》子《ず》というものだ。日本の食材を使ってレシピ通りに作ってみたが、なかなかの味だと思う」

「うそ……イーサン……パティシエになれるよ、すごい」

食べてみると、今までの人生で食べたなかで一番おいしいケーキだった。口内でとろけるチーズケーキの酸味と甘さとが柚子のぷちぷちとした果肉とよくあう。それに抹茶と小豆のところがもちもちしている。苦いのに甘くて、甘いのに甘すぎない不思議な食感だ。

「もちもちしているのは、葛《くず》という草を混ぜたからだろう」

「どうしてイーサンが日本のサンドイッチやお菓子事情を知ってるの？」

「尚央のルーツがあると思って調べた。この国の傲慢なやつらは、東洋のことをバカにし、自分たちのほうが上だとかんちがいしているが、そもそも文化に上下はない。おれからすれば、バカにしているやつらこそ、本物のバカだ。日本は尚央のルーツがあるだけあって、本当にすばらしい国だ、いつか一緒に行きたい」

ぼくのルーツ。そんなことまで……。驚いて目をみはる尚央のあごに手を伸ばし、イーサンが唇を近づけてくる。そっと触れるだけのキス。多分、いつか一緒に行こうという約束のキスだ。尚央は目頭が熱くなるのを感じた。

「知りたかった。尚央の強さ、情熱、愛らしさ、まっすぐさのルーツを。おれをこんなにも夢中にさせる魂の根底にあるものを理解したいんだ。その細胞のすべてが愛しいから」

「……っ」

どうしよう。胸が詰まって泣けてくる。その愛の深さ、一途さに。

「どうした、何で泣いている」

「怖いから……あなたの愛があまりにも……あまりにも……すごくて」

ボロボロと涙が流れ落ちてくる。尚央はイーサンにくるっと背をむけ、手のひらで涙をぬぐった。するとそんな尚央をイーサンが後ろから抱きしめてくる。

「尚央……以前に壊してもいい、人生を破壊してもいいと言ったけど……この前のコンサートにむかうおまえを見て考え直した」

「え……」

「おれに抱かれて進化したおまえのヴァイオリン。官能や愛の狂おしさが表現できるようになった。すべての経験を音にすることができるその才能のために、おれも自分にできることをもっとやっていかなければと改めて強く決意した」

「イーサンにできることって……」

「決して、この義務や責任からは逃げない。子孫を作る——という行為以外の、すべての責任を果たす。ふたりして破滅しないよう努力する。それを人生の目標にする。だから大学の受験が終わったら、卒業式までに一度、父と南米に行く予定だ」

「南米？」

「この前、おまえが演奏したピアソラの故郷アルゼンチンだ」

「どうして」

「ノブレスオブリージュの一環としてこれまでは株主としての役目を果たしてきたが、これからはおれ自身の役目として……南米にあるＩＴ業者とその家族、そして彼らの住む地域への支援活動をしていく」

ノブレスオブリージュ。貴族としての福祉活動のようなもの。その現地の人を積極的に雇用し、小中学校、病院での福祉活動を支援する。

「まだ大学生にもなってないのに？」

「ああ。ノブレスオブリージュ活動は、大学の成績にも加味される」

「それ……ぼくたちの未来のために……生き急いでいるわけじゃないよね？」

ふと不安になる。イーサンの見ているところが大きすぎて。

「そんなことはない。この時間が本当に幸せだから……守りたいから動きたいだけだ」

後ろから尚央の首筋に唇を近づけてくる。

「もう一度、マーキングしておく。休暇のあと、受験の準備でしばらく会えなくなる。受験が終わったら、すぐに南米に行くつもりだ。夏休みまでこんな時間は持てないだろう。だからその間に、尚央がまたオメガ化しないように……」

「休暇が終わったら……？」

「だから……誓っていく」

「え……」

「ここ、右側のあごのライン……おまえのヴァイオリンでできている痕《あと》のところに」

ヴァイオリン奏者特有の、あごのエラの部分にあるタコのような痕跡。イーサンは耳やほお、うなじにキスをくりかえし、また尚央の首筋を軽く噛んできた。

「……イーサン……オメガ化なんて……もうないよ。あのあと誰からもオメガの匂いがするなんて言われなくなったし。念のため、モリス先生から薬も処方してもらってるし」

「なら、やっぱり思春期特有のものだったのか」

「多分……。あ、それともイーサンの呪いかも。言ってなかった？　おれ限定のオメガにする、呪いをかけるって」

尚央が冗談めかして言うと、イーサンが「言った」と言って耳たぶを噛んでくる。

「呪いなら、かけまくってる。誰にも……細胞ひとつ、渡したくない」

暑苦しいほどイーサンが後ろから密着してくる。背中に彼の鼓動が伝わり、彼の熱が広がっていく。自分の心音なのか、彼のものなのか。自分の体温なのか、彼のものなのか……わからなくなってきそうだ。それだけで、オメガ化していたときのように身体の奥に熱がこもり始める。

「おれの呪いのせいか？　尚央から百合の香りがする」

「ちが……これ……きっとヒースの花の香りが」

「ああ、そうだな。一旦、尚央の皮膚に触れてより甘くなる。いい匂いだ」

そんなふうに言われると恥ずかしい。けれど自分でもさっきから感じている。ヒースの花の匂いが皮膚に染みついたのか、よくわからない甘い匂いが自分の皮膚から漂ってくるのだ。

「尚央……」

イーサンが胸をまさぐり、乳首を弄りながらズボンのなかに手を滑らせてくる。もうそこは彼を求めて淫らな変化を始めていた。

そこからあとは、互いに我を忘れたように求めあった。イーサンの膝の上に座って、座ったまま後ろから貫かれて。

「あ……あぁっ……ああっ……」

激しい風が唸《うな》るように吹くなか、木の陰で風から逃れるように身体をつないでいる。

いつもはレッスン室のソファでしか抱きあうことができない。けれどここには誰もいない。ヒースの花の荒野がふたりを守るかのように、解放された空間で尚央はいつになく激しく乱れた。

「ああ……っ……ああっ、や……ああっ」

オメガでもないのに、後ろに彼が欲しくて欲しくてたまらない。彼に触られすぎたせいか、尚央の乳首はいつしかぷっくりとしたサクランボの実のようになってしまった。制服で隠せないかもしれないくらいだ。

「ああっ……っ……っ」

やがて彼の肉塊が体内で爆《は》ぜるのを感じた。どっと、粘膜の奥に叩きつけられるイーサンの精液を感じながら尚央も果ててしまう。

「……っ」

いっそそのまま孕《はら》めればいいのに——などと思いながら、尚央は背中から自分を抱くイーサンにもたれかかった。

気がつくとめずらしく風が止んでいて、ヒースの花の咲く荒野が夕陽を浴びて淡い薔薇色に染まっていた。

静かな、とても静かな夕刻。金色に近い陽射しに包まれた大地、それから空が恐ろしいほど美しくて、なぜか涙が出てきた。

とても神聖な風景に思えたからかもしれない。神々しいほどの黄昏の光に包まれ、すべての生き物が煌めいている気がしたのだ。

「太陽に祝福されている。おれたちの未来も金色だ」

イーサンの好きなゴールド。一位、金、勝利以外に興味のない彼。そうだね、金色にしようね。

「本当に綺麗だね、このぼくたちの世界……」

裸のまま二人でブランケットにくるまり、小屋の前に座って地平を見つめ続ける。

「墓を掘る気持ちがわかる」

「え……」

「あの小説だ……ヒースクリフの気持ち」

「イーサンがお墓を掘るの？」

「そう、別の男の子供を産んでもなお愛しくて墓を掘ってしまう男の気持ち。痛いほど理解できる。

そういう意味では……やっぱりおまえがオメガでなくてよかったのか」

「どうして」

「おれの子を産むこともなければ、おれ以外の子を産むこともない」

貴族の彼とヒースクリフとでは全然違うのに。尚央はクスッと笑った。

「さっき父から連絡があって……大学に入ったらすぐに見合いをしろと言われた」

「え……さっきって……帰省したとき？」

「ああ、まずアルファの女性と結婚し、そのあと、オメガとも見合いする。相性がいい相手だとわかったら、つがいになり、夫婦のように一緒に暮らせと言われた。子供を作れってことだろう」

そうだ。ほとんどのアルファがそんなふうにして相手を探し、二十五歳くらいまでに後継者を作るようにしている。尤も彼のところの次男として養子に入っている尚央にはそこまでの義務はない。彼が子孫を残さずに死んだときだけだ。

「そんなことをする気はない。結婚もオメガとの見合いもしない。おまえに誓う。おれはおまえ以外と結ばれる気はないから」

「イーサン……」

尚央以外とは結ばれない。だから仕事を始めて、誰にも有無を言わせない結果を出す。

イーサンのその言葉に胸がふるえる。

「ぼくも……ぼくもがんばるね。監督生として、来期からイーサンに恥じない学生生活を送って、音楽大学に入学して、ふたりで生きていくために自分にできることをする」

金色の夕陽に包まれたヒースの荒野での誓い。

そのあと一週間の休暇の間中、ふたりで無我夢中になって求めあった。こんなにも深く、こんなにも強く人間同士が愛しあえるのかと思うくらい。

しかしそれが尚央がイーサンと過ごした最後の時間となった。

受験を終え、無事にケンブリッジ大学に行くことになったイーサンはクィーンストン校の卒業式の日まで、十日間ほど。父親とともにアルゼンチンに行くことになった。

「大学合格、卒業祝いは帰国してからだ。夏休みの間、ヒースランドに行ってゆっくり過ごそう」

イーサンはそう言ってアルゼンチンにむかった。

それが最後となった。


最終学年になるのを前に全国統一試験を受け、その後、夏至祭の日に寮代表として尚央はヴァイオリンを演奏することになっていた。

その日は午後から雨が降っていたが、コンサートの時間帯になると太陽が顔を出し、芝生に設けられた野外コンサート会場をまばゆい陽射しが照らしていた。

「尚央は……そのまま音大に進学するの？」

フルートを担当しているクリスが問いかけてきた。

「ああ……そのつもりだよ」

プロの演奏者になれるのか、まだ自信はない。そのための努力はするつもりだけど。

「イーサンは……今、アルゼンチンだっけ？」

「うん、ノブレスオブリージュの一環として、あちらの企業誘致を手伝うみたい」

「そうか。きみのところの財団は、世界の福祉にも大きく貢献しているからね」

「そうだね。ぼくも早く役に立ちたいよ。なにができるかわからないけど」

「尚央もヴァイオリンで貢献すればいいじゃないか。ハルフォード・アレン財団が支援しているところに行って、尚央がチャリティコンサートをひらけばいい。有名になれば、人も集まるし」

「……っ」

そうか。ヴァイオリン奏者になったら、そうした活動で彼の役に立てばいい。

「ああ、ありがとう、クリス。目標ができた。そうだね、それが一番だね」

「尚央は本当に……イーサン教の信者だね。さっきまで表情が暗かったのに急に明るくなって」

「イーサンはぼくにとって神みたいなものだから。どんなことでもいいから役に立ちたいんだ」

そんな話をしているうちにコンサートの時間が始まった。

イーサンは南米からライブ配信を見てくれると言っていた。だから心を込めて演奏をしなければ……と尚央はステージに立った。

曲目は彼のリクエストでピアソラの「アディオス・ノニーノ」――さよなら、父さんというこの曲は、ピアソラがニューヨークを拠点に活動していたときの音楽だ。父親の死の知らせを受けたものの、貧しくて旅費がなく、帰省することができなかった。そのときの思いを音楽にしたのがこれだ。

「ゲネプロのときも冴えていたけど、調子が良さそうだな」

ソニーに話しかけられ、うなずいたとき、ふいに吐き気を感じた。何だろう、無理をしたせいか軽いめまいも感じるし、ちょっと熱っぽい。

でも調子は異様なほどいい。神経、聴覚、肌、そのすべてがどういうわけかぎらぎらしているのだ。徹夜明けの朝、眠いのに意識だけが研ぎ澄まされている――そんな感じに似ている。

けれどがんばりすぎて、本番中に弦が二回も切れてしまうアクシデントがあった。観客はそれによってさらに興奮し、声援が熱くなるのがわかった。

切れたのはE線だった。E線抜きでやろうとしたら、次はG線が弾けた。首筋をかすめ、皮膚を切った気がしたけれど、余裕はなかった。

とっさに第一ヴァイオリンと交代し、遠く離れたイーサンに心をこめて演奏をした。

「……」

自分でもわかる。自分のヴァイオリンの音がとても深く、豊かになっていることが。そのせいか、これまで意識したことのない聴衆の存在を肌で実感した。

みんなが自分の音楽に酔っている。涙を流している女性。雰囲気に浸りながらキスをしている夫婦、うっとりとしている生徒たち。小さな子供たちも舞台に視線を向けている。

イーサン、聴こえている？　あなたのいるところにもぼくの音楽、届いている？　地球の裏側にも響いている？

帰国したら、あなたのピアノでこの曲を演奏したい。

彼が決めた覚悟。絶対に破滅はしない。でもふたりで生きていく。

そのためにも自分もやれることを精一杯やっていきたい。あなたを魂のすべてで愛しているから。

そんな思いのまま演奏した瞬間、場内に割れんばかりの拍手が湧き起こった。すさまじい喝采《かっさい》。こんな熱い聴衆は、コンクールのときも感じなかった。

早くイーサンに会いたい。イーサン、あなたのために演奏したんだよ。あなたに届いて欲しくて。

カーテンコールを終え、チャリティーの募金箱を持って、お客さんたちの前に立つ。

素晴らしかった、感動した、素敵な演奏だった――と次々と賞賛され、募金箱に次々とポンド紙幣や小切手が入れられていく。ずっしりとした重み。これは純粋に自分の音楽に感動してくれた人からの思いの重さだと思うと胸が熱くなる。

これまでこんな気持ちになったことはない。これが演奏をするということなのだと気づいた。イーサンに伝えたい。そんな気持ちで尚央は楽屋にもどった。

するとなぜかそこにモリスがいて、血相を変えて尚央に近づいてきた。

「尚央、待っていた」

「え……」

モリスからスマートフォンの画面を示される。

「これ、今さっき、SNSに上がっていたものだけど」

リアルタイムで呟きが表示されるSNSだ。アルゼンチンのもののようだが、スペイン語なので尚央にはよくわからない。そこに一般人が撮った動画がアップされていた。

騒然とした人々、高速道路の映像、運転席が爆破され、燃えあがる黒のハイブリットカーが谷に転落していた。車から投げだされたのか、路上でぐったりと倒れている男は、イーサンの父親、尚央の義理の父親だった。

「これ……」

イーサンは父親と一緒のはずだ。まさかまさか……。心臓が止まりそうになる。呆然としている尚央の前で、モリスが画面を変える。テレビの動画ニュースだった。

『先ほど、ブエノスアイレスの高速道路で爆発事故がありました。黒のハイブリットカーが炎上し、運転手と後部座席にいた四十代男性が外に投げだされ、心肺停止状態で救急搬送されるところです。同乗していた男性は車とともに渓谷の湖に落下した模様で、安否不明です』

「……っ」

なにも鼓膜のなかに入ってこない。イーサンは?

ドクンドクンと音を立てる鼓動。激しい絶望が全身を包みこんでいく。

尚央は魂がなくなったかのようにその場で硬直していた。

そんなことって。息もできない。イーサンがイーサンが……。

「尚央、しっかり、しっかりするんだ!」

モリスの声が響くなか、尚央は意識を手放していた。

5　結婚

いつもイーサンの夢を見る。二人で過ごしたときの夢を――。

そして彼が湖に沈んでいく夢。まるで自分のことのように、身体が大きな湖の底へ落ちていくのを感じていた。エメラルドグリーンの湖には、古代の恐竜が眠っている。

――イーサン、待って、行っちゃダメ。行かないで。ぼくのところにもどってきて。

叫びながら彼に手を伸ばす。でも彼には届かない。絶望とともに尚央は湖底まで彼を追う。

湖底から見上げると、あたり一面の美しい風景……。

「……っ」

またあの夢を見ていた。

目を覚ますと、尚央はいつものように病院の個室で点滴を受けていた。

あれからどのくらい過ぎたのかわからない。多分、一カ月くらいは経ったように思う。

ニュースを知ったあと、発作的に手首を切ったり、湖に飛びこもうとしたりしたけれど、結局、すべてうまくいかなかった。なぜか直前で体調が悪くなり、肝心のところで失神したり、力が入らなかったりして失敗してしまうのだ。

（イーサン……本当にもういないなんて）

イーサンの死体はまだ見つかっていない。けれど生きていたら、必ずなにかしら連絡があるはずだ。それがないということは――――。

彼の父であり、伯爵家の当主だった養父を殺したのは、ハルフォード・アレン財団を狙う南米のテロリスト集団だという話だ。

イギリスとアルゼンチンは、その昔、サッチャー首相の時代に領土問題で紛争が起きたことがある。それ以来、仲が悪く、財団への妨害もけっこう多かった――と執事が説明をしてくれたのは、ぼんやりと覚えている。

『尚央さまは、どうか音楽の道をお進みください。伯爵家としての支援は惜しみません。ただし相続権からは外れていただきます。それがイーサンさまの遺言でもあります』

イーサンは、自分に万が一のことがあった場合、尚央を相続権者から外して、自由に生きていけるようにしてほしいと執事と弁護士に遺言書をたくしていた。

音楽をしていると安全――ということなのだろうか。十分な財産と生活の保障をした上で、爵位や財団の仕事というしがらみからは解き放とうとしてくれていたのだ。

（バカだな、イーサンに万が一のことがあったら……ぼくは生きていけないのに）

一体、なにが起こったのか、どうなったのか――まったく理解してないのに、イーサンがいなくなったという現実だけが突きつけられている。

危険だから……という理由で、養父の葬儀にも参加できなかった。尤もショックのあまり体調を崩し、当日はベッドから起きあがれなかったのだが。

――尚央、おまえ以外を伴侶とする気はない。生涯、おまえだけだ。

事件の日以来、彼のあの言葉が頭のなかで何度も反響している。

(うん、ぼくもだよ、ぼくもあなただけだから、少し待っていてね、もうじきに逝くから。残念なのは、あなたの遺体がないことだよ。もし遺体があったなら『嵐が丘』のヒースクリフのようにお墓を暴いてあなたを抱きしめたのに)

それからあの言葉も。ずっと忘れたことはない、

――あの小説は……悲劇だと言われているけど、おれはそうは思わない。永遠にふたりの霊は一緒にいたんだからな。ある意味、うらやましい。おれも尚央と幽霊になって一緒にいるつもりだけど。

そのとき『ぼくもそのつもりだよ』と返事をした。

そう、二人の約束。幽霊になって一緒にいようという約束のためにも、自分は彼のところに行かなければ。

涙を流しながら、尚央は点滴を抜くと、ベッドから降りた。

逝かないと。こんなところにいるわけにはいかない。イーサンのところに――――。

ふらふらと廊下を歩き、尚央は病院の屋上にむかった。飛び降りなければ……という思いにかられていた。

「イーサン……今日こそ……逝くね」

そうして階段をのぼっている途中、激しい立ちくらみに襲われ、尚央は踊り場にひざをついた。

苦しい。急に吐き気がして喉《のど》が詰まったようだ。なんだろう、嘔吐感《おうとかん》だけでなく、腹部にも妙な違和感を覚えている。

「う……っ……ぐふっ……」

手すりにしがみつき、必死に嘔吐感に耐える。

またださ、また動くことができなくなってしまった。いつもそうだ、イーサンのところに逝こうとすると、めまいがしたり、吐き気がして実行できなくなる。

今日もそうだ。どうして……どうして動けなくなるんだ。一刻も早くこの世界からいなくなりたいのに。イーサンのいないところにもうこれ以上いたくないのに。幽霊になりたいのに。

心でそう叫びながらも、尚央は意識を手放していた。手すりのそばにうずくまったまま——。


「……尚央、尚央、しっかりしなさい」

次に目を覚ますと、また病院のベッドにいた。いつもと違うのは、モリスがそこにいたことだ。

「病院から呼びだされたよ。このままだときみが死ぬ可能性があると言われて」

彼の言葉に、また自分は助かったのだというのがわかり、哀しくてどうしようもなくなった。

「すみません……ご迷惑を……かけて。お忙しいなか……ありがとうございます」

それでも表面的には言葉を選んでそう言った。それにしても、このところずっと熱っぽい。頭痛もするし、吐き気や倦怠感《けんたいかん》も。なにより身体が泥に沈んだように重い。

「尚央……きみが弱っている件に加え、もう一つ、重大なことで呼びだされてね。学校の保健医としても、親族としてもとても重要なことで……」

モリスは少し気まずそうにしたあと、病室の鍵をかけ、尚央のベッドの横に座った。

「きみ……子供がいるそうだ。その身体に……」

ひどく小さな声でささやかれ、一瞬、意味がわからず尚央は硬直した。

「……っ」

え……今、彼は何と言ったのか。まったく理解できないまま目をみはることしかできない。

「ここは……アレン伯爵家とも親しい病院なので、きみが意識を失っている間、内密に検査をしてもらったよ。そうしたら、きみの身体に新しい命が」

「待ってください……意味がわからないです、新しい命って……」

思わず上体を起こす。めまいと吐き気はあいかわらずだが、それ以上に驚きが勝っていた。

「オメガ化しているときに……アルファと寝たんだね。つがいごっこでもしたのか」

呆れたように、責めるように言われたけれど、誰にどんなふうに思われてもかまわない。ただもしそれが真実なら……。尚央は期待に胸が高鳴るのを感じた。イーサンを喪《うしな》って以来、初めて生きる意欲のようなものが身体の奥から湧いてくる。

「では……では……ぼくはオメガに」

じっと見つめると、モリスが少し視線を落としてうなずく。

「ああ……今、きみはオメガに」

なんということだ。オメガになっていたなんて。

「そして……今は……ここに子供が？」

「そうだ」

モリスの眸に曇りはない。尚央は救われたような気持ちで天を仰《あお》ぎ、胸の前で手をあわせた。

「ああ、神さま……」

イーサン、イーサン……。彼の子供がここにいる。

ああ、だから死ねなかったのだ。死のうとするたび、吐き気やめまいに襲われたのは、この身体のなかの命が「死ぬな」と伝えたかったのだと本能的に悟った。

「……生きなければ……そうだ……生きないと」

「そうだね、だから自殺なんて考えないことだな。それで父親は……イーサン……なのか？」

さらに声をひそめて訊かれ、尚央は「いえ」と反射的に首を左右に振った。

「イーサンとは……そんな関係では……」

イーサンが父親だと口にしたくなかった。告げれば、この子が伯爵家の相続人となる可能性もあったのに。遺伝子を調べればわかることではあるけれど、なぜか言ってはいけない気がした。

イーサンが以前に言ったことが引っかかっていたからだ。

モリスはイーサンの父親を恨んでいる。イーサンのこともよく思っていない。だから嫌がらせで、尚央にオメガの匂いつけた——とイーサンは思っていた。尚央自身は、まさかこの人がそんなバカなことをするとは思いもしなかっのだが。

（それでも、イーサンがよく思っていなかった相手に、ここに彼の赤ちゃんがいるなんて言えない）

尚央は手をぎゅっとにぎりしめ、うつむいた。

「わからないんです……父親が誰かは———。いろんな相手と寝たから……」

「以前もそう言っていたが……あの学校の生徒の誰かが相手なんだね」

「それも……わからないんです……休暇のとき、いろんな人と寝て。首を噛まれたり噛まれなかったり……その記憶も曖昧《あいまい》で」

尚央がぼそりと言うと、モリスはあきれたように息をついた。

「自覚しないまま、発情期に負けて無意識にいろんなアルファを漁《あさ》っていたというわけか……」

「え、ええ……多分」

「まあ、いい。父親が誰かわからないならそれに越したことはない」

「え……」

「今後、きみと子供の面倒は私がみることにしたから。生活、出産、将来に関して」

「あの……それは……学校の保健医としてではなく、親族として？」

言葉の意味を正しく理解できず、じっと見つめると、モリスはこくりとうなずいた。

「そうだ。私が相続することになったからね……伯爵家を。この前、葬儀のあと、弁護士立会いのもと、大奥さまからそう言われて」

「……でもイーサンは……まだ……」

大奥さまとは祖母のことだ。南欧の病院で療養していたが、さすがに今回のことで英国にもどってくるしかなかったのだろう。

「ああ、イーサンが行方不明のままだから、相続といっても少し先になるだろう。ただ、その条件に、きみを支援する——ということが含まれている。本来ならきみが相続するものだからね」

「それで……ぼくと子供の面倒を？　おばあさまは子供のことを？」

「いや、きみの妊娠を知っているのは、私とこの病院のオメガ専門医だけだよ。さらに……子供の父親は不明で、きみがオメガとして大勢のアルファと寝ていた事実を知るのは私だけだ」

それはそうだ。今、とっさにそう答えたのだから。

「きみがオメガだとわかると、大奥さまは、きみへの支援を打ち切れと命じるだろう。もちろん、学校も退学だ。そうなったら……尚央、どうやってその子と生きていく？」

そんなこと、突然、訊かれてもなにも答えられない。オメガ化していたことも、ここにイーサンの赤ちゃんがいることも、たった今、知らされたばかりなのだから。

「どうすることもできないだろう、きみには。まだ未成年だし、何の資格もないオメガがシングルで子供を育てるのは無理だ。出産だけでも莫大な費用がかかるからね。いくらヴァイオリンが優秀でも音大も出ていないし、そもそもオメガがアーティスト活動できるような社会ではないからね」

そうだ、今までアルファだったからこそ、最高の教育を受けることができた。音楽にしろ学業にしろ。日本の血を引いていても、英国貴族の後継者の資格が手にできたのはアルファゆえ。

（オメガは……今までの比じゃない。身分カーストの本物の最下位……）

イーサンに出会うまで自分はカーストにも入れない圏外だと思っていた。けれど冷静に考えると、自分がオメガだったら、たとえ学業で満点をとっても、コンクールで優勝した経験があっても、自由に仕事を選ぶことはできない。そもそも自由に生きることができないのだ。

「オメガだった場合は国家に登録し、成人後、しかるべきアルファの伴侶になり、子作りをしなければならない。だから、どうだろう、私の伴侶となり、その子を育てていくというのは」

「ちょ……ちょっと待ってください、そんなこと言われても」

「私の伴侶になってくれ。その子を私の子として育てたいんだ。ここの医師にも、きみの子の父親は私だと伝えてある」

「え……でもあなたなら、ちゃんとした相手を選んで……子供を……」

そうだ、どうしてそんなことを申してる必要があるのか。他人の、しかもよくわからない子供の父親だなんて。尚央はわけがわからず、混乱していた。そんな尚央の肩に手をかけ、モリスは深刻な顔で驚きの事実を口にした。

「私はオメガなんだ。正しくは隠れオメガ……とでも言えばわかるかな」

「……っ」

「クィーンストン校時代、オメガ化してしまったんだ。それから十数年、抑制剤でオメガ性を隠してきたが……そろそろ限界だ。なによりも伯爵家を相続するのはアルファでなければならない。そのためには、私にもオメガの伴侶との子供が必要になってくる」

「え、ええ」

「だから……オメガ化したきみとつがいになって結婚した、そして子供ができた。そうすれば、きみにとってもぼくにとっても最良の結果にならないか？」

尚央はさらに混乱した。

「どうして……」

「このままだと従弟のポールに相続権がまわってしまう」

「……っ」

「私たちは二人ともオメガだ。どちらにも相続権はない。けれど相続しなければ、伯爵家の事業はイーサンを暗殺した者に奪われてしまうことになるが、それでいいのかな」

「まさか……ポールが？」

モリスは深刻な顔でうなずいた。

「そう、彼を中心とした遠縁の者が……おそらく事故に見せかけて伯爵とイーサンを襲った。尤も、きみは相続権から外れたし、オメガなら完全に安全だ。しかしきみに子供がいると分かり、それがアルファだった場合……殺されてしまう可能性もある。きみは大奥さまのお気に入りだし、オメガであっても、彼女の直系だからね。ひ孫がアルファなら、その子に相続権をと考える可能性も」

尚央は息を呑んだ。そして静かに問いかけた。

「あなたを信頼していいのですか」

一瞬の沈黙のあと、モリスは息をつく。

「オメガだとばらした。私にとっては命がけの告白だ。それに……きみが安心して出産・子育てしていくには、その道しかない。この先、どんなアルファと寝て、妊娠しても、すべて私の子ということにすればいい」

「それは……でも法的に犯罪として裁かれるのでは――」

するとモリスはおかしそうに笑った。

「尚央……犯罪というなら、我々の人生こそすでに神に裁かれているようなものだ。オメガゆえに自由に生きられず、オメガゆえに好きな仕事もできないんだぞ」

「――っ」

「私は、これでも有能な医師だよ。ノブレスオブリージュにも貢献し、財団の派遣で南米の奥地の病院でボランティアもしてきた。この仕事に誇りを持っている。なのに、オメガだとわかると、医師としてまともに働かせてもらえないことになる。理不尽すぎないか？」

たしかにそう思う。改めて自分がオメガ性だと突きつけられ、将来を考えると……。

「だからずっと隠して生きてきた。そもそもオメガといっても私は妊娠できない身体だ。学生時代、生徒たちから一斉に乱暴されてね、妊娠したあと流産し、もう子供ができなくなった」

彼が話していた輪姦された生徒というのは、彼自身のことだったのか。

「そんなオメガは、何の役にも立たない存在として、娼館でアルファ専用の男娼にさせられる。アルファの性的な衝動を抑えるのにちょうどいい存在として奉仕させられるんだ。そこに……人権なんてない。そんなの、私には耐えられない。医師として社会に貢献できるのに……。伯爵家を相続したら、たくさんの人を助けることができるのに……」

その悲痛な訴えに胸が痛くなった。彼に対しての愛はない。けれどオメガ性として彼の言葉の重みをずっしりと感じずにはいられない。たとえそれが法を犯すことであっても、優秀な人間がオメガゆえに仕事を選べず、さらに子供が産めないことで、望んでもいない行為を強いられるなんて。

「先生……ありがとうございます、教えてくださって」

「では……」

イーサン、信じるよ、このひとのこと。あなたは鋭いから、きっと隠れオメガとして生きてきたこのひとの心の暗部を感じとって警戒していたんだろうね。

彼の哀しい現実は、一歩まちがうと、自分も味わう可能性のある未来だ。たとえそれが犯罪でも、イーサン、あなたの子をちゃんと産んで育てたいし、このひとが医師として生きていきたいという気持ちにも協力したいと思う。ぼくもちゃんと自分の足で歩いていきたいから。

「わかりました、このお腹の子の人生のためにも……」

「ああ、これは契約だ。運命共同体として生きるための。オメガでも自分らしく生きる証明……」

契約結婚……運命共同体。互いの人生を守るための。藁《わら》にもすがる思いだった。

「……わかりました。あなたと……結婚します」

自分らしく生きていくために。この子をきちんと育てていくために。

イーサンの、この忘れ形見を――。

6　愛する子供

甘い桃を煮詰めたジュレ。

バターとはちみつをたっぷり使ったパンケーキの匂いがキッチン全体に充満している。

まだ湯気の出ているふわふわもちもちしたパンケーキに、ラズベリーとカスタードクリームをたっぷりと挟めば、イーサン直伝の女王陛下のサンドイッチケーキの完成だ。

「だあ……だあ……なーお、だあ……ふふ……」

甘い匂いに誘われたように、ベビーベットのなかで目を覚ました小さな息子が手すりをつかんで立ちあがろうとする。尚央はビニール手袋をとり、あわててベビーベットに手を伸ばした。

「フィル、起きたんだ、おはよう」

リンゴのようなほっぺたをした金髪の可愛い赤ちゃん。彼はイーサンとの間にできた息子フィリップだ。

「じゃあ、ご飯にしようか」

抱きあげると、ずっしりと重くなってきたのを感じる。

愛しい息子のフィリップ。尚央はフィルと呼んでいる。

妊娠がわかってから――二年半が過ぎた。

この子が生まれたのが一年ちょっと前の雪の日、クリスマスイヴの夜だった。

この世界全体が純白の雪に包まれ、とてもおごそかな聖なる夜、尚央はイーサンの子をこの世に誕生させた。

オメガの場合は、腹部は大きくならず、少し早い段階で帝王切開で出産することになっているのだが、生まれたのはイーサンと同じ金髪にグレーがかった蒼い眸のアルファだった。

「じゃあ、桃のジュレ、食べようか」

体重は十キロ近くになった。一人でつかまってつたい歩きができるようになっている。

イーサンも尚央も音楽が得意なので、この子にもいずれ音楽をさせたいと思う。言葉も、英語と日本語、それからフランス語で話をするようにしている。

生後半年を過ぎてからほんのりと乳歯が生え始め、離乳食も食べられるようになったので、桃のジュレと、サンドイッチケーキのかけらを子供用に作って彼のおやつにしている。

「フィル、あ、その前にオムツ、交換しないと。ちょっと待っててね」

最初はとまどっていたが、フィルのオムツ交換も素早くできるようになった。綺麗にお尻を拭いたあと、オムツでぱんぱんになったベビー服を着せ直し、尚央はぎゅっと息子を抱きしめた。

ああ、何て愛しいのだろう。

ふわふわとした金髪にフーっと息を吹くと、広いおでこが姿を現す。イーサンもこんな赤ちゃんだったのだろうか。

そんなことを考えながら、こみあげる愛しさに胸がいっぱいになり、フィルのひたいやほおに、雨のようにキスを浴びせてしまう。

この子のため、死ぬのをやめてモリスと結婚した。

この子はイーサンのたった一つの忘れ形見だ。最高に素敵な人生が歩めるよう、どんなことをしてでも精一杯育てようと思っている。

「フィル、これ、食べよう。おいしいよぉ」

幼児用の小さな椅子にフィルを座らせると、尚央は桃を中心にした果実のシャーベットジュレを小さなスプーンにすくい、フィルの口元に持っていった。

こうしているとイーサンとのいろんなことを思い出す。イーサンからのケーキやお菓子をよくこんなふうにして食べた。

ケーキの優しい甘さ、サンドイッチのたまらないおいしさ。噛み締めたとき、口のなかに広がる食べ物の愛しさ。イーサンに会うまで、尚央は味覚がわからない子供だった。それどころか、感情すらちゃんと現せないような。

人を愛する喜び、哀しみ、淋しさ……そして幸せ。全部イーサンが教えてくれた。自分が知らずに育ったそうした感情を、フィルにはたっぷり経験してほしい。

できれば幸せだけを知ってほしいけど、それ以外のいろんな感情を知ることで、しなやかで、たくましく、そして凛々しい人間になってほしいと願っている。

イーサン、だからもう少し待ってね。この子が大人になって愛するひとと出会うまで、ぼくはちゃんと自分の人生をまっとうしたいんだ。幽霊になってあなたの魂と荒野で一緒にたわむれるのは、もう少し先でもいいよね？

あの荒野――紫色のヒースの花が一面に咲いていた美しい場所。

スプーンいっぱいのジュレを、イーサンから「あーん」されて食べたときの切ない記憶。

復活祭の休暇で実家にもどり、風の強い丘で互いを強く求めあった時間を思いだすと、胸がどうしようもなく痛んで涙があふれそうになる。

イーサンは呪いをかけると言って、あのとき、はっきりと尚央の首筋を噛んだ。

それまでのように、ヴァイオリンのタコのところを甘噛みしたり、吸血鬼ごっこをしたりするような形ではなく、はっきりと「おれ専用」のオメガにすると言って。

（あのとき、オメガ化していたぼくの身体は……イーサンから噛まれたことで……知らないうちに彼のつがいになって……そしてフィルができた……）

彼とのことを思いだすと哀しいけど、泣いてしまいそうだけど……それでも泣かない。笑顔でいようと思えるのはフィルがいるからだ。

――イーサン、とても素敵な呪いをありがとう。あのとき、あなたはぼくに愛する者を与えてくれ、生きる希望と喜びという最高に幸せな「呪い」をかけてくれたんだね。

自分の命がもうないという予感がしていたから？　それともただたんにいつもの……とても心の狭い独占欲によって？

今となってはもう真実はわからない。けれど理由はどうであれ、ここにいるこの子の存在が尚央を

支えてくれている。

「さあ、フィル、ゆっくり、もぐもぐして」

まばたきもせず大きな眸でじっと尚央の手元を見つめ、スプーンが近づくと、小さな唇を開けてパクッとほおばる。

「ぼく、ちゃんと食べてるよ」というような、ちょっと自慢げな感じの目がかわいい。口のなかにジュレが入ると、ほおをいっぱいふくらませて、モグモグと口を動かしている。その姿がとてつもなく愛らしくて胸がきゅんきゅんした。

「わあ、フィル、とってもお利口さんだね」

にこにこと笑いながら声をかけると、フィルも同じようにふわっと笑う。生えてきたばかりの乳歯がちらっと見えると心があたたかくなる。この子が成長しているのがわかるからだ。

笑うと笑ってくれて、ちょっと哀しい顔をすると少し哀しそうにする。イーサンを思いだして泣いていると、この子も泣いてしまう。最近、そのことに気づいた。

だからフィルの前では、できるだけ笑顔の自分でいよう。幸せな顔をしていよう。そんなふうに思っている。

「だあ、だあ……ぐふっ……ふ」

口元から、まだ飲みこめないでいたジュレと一緒によだれがだらーと出てくる。

「ダメだよ、もぐもぐのあと、ちゃーんと、ごっくんしてから笑わないと」

ガーゼで濡れた口元を拭うと、フィルは遊んでもらっているとかんちがいしたのか、うれしそうに椅子にくっついたテーブルをトントン叩く。こういうところも彼が成長している証のように感じられ、愛しくてしょうがない。イーサンがよく自分にしたように、この子をむぎゅーっと抱きしめたい衝動がふっと胸の底から湧いてくる。

「なお、なーお……なーお」

トントンとしながら、尚央に天使のような笑顔をむけてくる。

フィルにはママとは呼ばせていない。モリスをパパと呼ばせたくなくて、両親を名前で呼ぶように提案したのだ。

パパという言葉は、イーサンに捧《ささ》げてほしいから。

抱きしめると、まだミルクの匂いがする。

金髪、蒼い眸、誰が見てもイーサンに瓜二つだ。モリスはもしかすると気づいているかもしれないけれど、赤ん坊を見ると、流産のことを思いだして眠れなくなるらしいので、できるだけ彼の前にフィルを連れていかないようにしている。

「じゃあ、フィル、ちゃんと寝んねしててね。今から尚央はモリスのご飯の支度をするから」

キッチンの横から半地下に下がったところにある使用人用の部屋——今、そこが尚央とフィルの部屋になっている。

尚央はしっかり鍵をかけ、食堂にむかった。

恐竜伝説のある湖畔に建つヒースランドのマナーハウス。ひんやりとした秋風が木立を駆けぬけていき、美しい林檎《りんご》の森に囲まれている。

（綺麗だな。イーサンとフィルと三人で……ここで暮らしたかった）

マナーハウスの窓から、静かな湖畔を見ることができる。

何という美しい湖だろう。透明感のある湖は、朝の時間帯はうっすらともやがかかり、シンとして静けさに包まれている。窓を開けると、湖面から流れてくる風がひんやりとしていて心地がいい。

午前中と夕方、フィルの散歩を兼ねて湖畔に行き、尚央は人気のない場所でヴァイオリンの練習をしている。

オメガである以上、プロへの道は絶たれてしまったけれど、せめてフィルに音楽の楽しさ、喜びを教えたいと思っていた。かつてイーサンがそうしてくれたように。

(でも……)

このところ、夕方の散歩が怖くなってきている。

朝の明るい間はいいのだけど、視力が落ちたのか、陽が暮れるとあたりがぼんやりとしか見えず、足元は完全に見えなくなってきた。

子供のころから、足元が見えずに転んでしまうことが多かった。あまり気にしていなかったけれど、ここ最近、一気に悪化してしまったように思う。

もしかして深刻な病気なのだろうか。一度、検査を受けたいけれど。

ぼんやりと窓の外を見ているうちに少しずつ霧が晴れ、対岸の姿があらわになっていく。

紫のヒースの花が美しく咲いている。秋は紅葉が綺麗で、冬は雪景色に包まれ、上空にはオーロラが輝くという。

(ここにきて、二年経つけど……まだオーロラを見たことがない)

ここからだと、ごく稀に、何年かに一度、奇跡的に見えるらしい。この目……持つだろうか、いつかオーロラが見えるときまで。

イーサン、どうかぼくを守って。フィルのために、どうかぼくを。

湖を見ながら、毎日、あの世のイーサンに祈る日々。

イーサンは、大学を卒業して父親の事業を手伝うことになったらここで暮らすはずだった。

今、モリスはここを伯爵家の拠点とし、医師の仕事ではなく、伯爵家が誘致したＩＴ事業関連の管理の仕事をメインにしている。

（あれだけ医師として人の役に立ちたいと言っていたのに、今、医療の仕事は……そのＩＴ村の住人の、年に二度の健康診断しかしていない）

まだ彼は爵位を継いではいないが、伯爵家の巨万の富が手に入ると思うと、医療の現場での仕事などやっていられないのだろうか。

モリスが爵位を継承できていないのは、イーサンが行方不明のままだからと祖母が保留にしているからだ。まだ葬儀もしていない。その後、尚央にフィルが生まれたこともあり、祖母は、傍系のモリスに継がせるのではなく、直系のフィルに直接爵位を継がせ、モリスは保護者という立場でいてほしいと思っているようだ。

『尚央がオメガでなかったらよかったんだけど。でもフィリップが生まれた以上、直系としてフィリップが爵位を継ぐべきよ。でもＩＴ事業関連、それから一族所有の株はモリスに相続するしかないでしょうね』

この前、夏に会ったとき、そんなふうに言っていた。祖母は、これ以上ないほど誇り高く、聡明なアルファの女性だ。フィルに会って、父親が誰なのかうっすら気づいたようだ。もちろんそのことは口にしないけれど。

現在、温暖な気候のモナコの別荘で療養中だが、フィルが学校にあがる年には、一度、英国で正式な相続の手続きを検討するつもりだとも言っていた。

（でも……おばあさまが爵位をフィルにと考えていることが公になると、フィルが危険だ）

伯爵やイーサンのように、どんな不慮の事故に遭《あ》うかわからない。想像しただけで、目の前が真っ暗になりそうなほどの恐怖。もしものときは命がけで守るつもりだけど。

「食事の支度、できました」

ワゴントレーにイングリッシュブレックファーストを載せ、湖が一望できる食堂に行くと、モリスがいた。

彼の隣には恋人のサイモン。サイモンはモリスの依頼で、伯爵家のＩＴ事業の経営を手伝っている。元はメガバンクに勤めていたらしく、会計士や弁護士、税理士の資格を持ったやり手のビジネスマンのようだ。

尚央は二人分の朝食をテーブルに並べ始めた。

「お飲み物は？」

「ああ、サイモンも私もダージリンを」

「承知しました」

今、尚央はここで下働きの使用人として働いている。

伴侶ということになっているけれど、祖母がフィルを直系として相続候補に考えていることがわかって以来、尚央に離婚してここから出ていくようにと言ってきた。

祖母は、フィルがイーサンの子供だと気づいているからこそ『直系』として伯爵を継がせたいと考えているのだが、モリスは、尚央が直系なので、それでフィルも直系とみされているのだと思いこんでいるようだった。

だから離婚をし、尚央を伯爵家から追い出せばいい、と。

彼自身はオメガの尚央との間に子供も作れたので、アルファという証明ができているわけだし、問題ないと思っているのだろう。

『ここを出ていくのが嫌なら、きみは今日から使用人だ。貴族の伴侶という扱いはしない』

そんなふうに言われ、どうしようか悩んだけれど、イーサンがいつか暮らしたいと思っていたこのマナーハウスからフィルが追いだされるのがどうにも許せなくて、ここに残ることにした。

（ここはフィルのものだ。それに離婚したら……ぼくは……別の男の伴侶にされてしまう）

オメガには自由に生きる権利はない。仕事も選べない。子供を作るため、別の伴侶のところに行かされるか、あるいは娼館にいくか。

「尚央、ちょっと今日のベーコン、焼きすぎじゃないか？」

モリスはフォークでベーコンをつついて床に落とすと、まだ眠たげな様子であくびを嚙み殺してテーブルに肘《ひじ》をついた。

「モリス、ダメだろ、ちゃんと食べないと」

サイモンがメガネの縁をあげ、自分の皿のベーコンをフォークに刺してモリスの口元に持っていく。

モリスは口をうっすらと開け、かすかに微笑する。

（先生……本当にサイモンが好きなんだ……）

ふたりはクィーンストンで知りあったらしい。モリスはサイモンと恋に堕《お》ちたことで肉体がオメガ化したらしい。しかしある日、サイモンの父親が事業に失敗し、自殺。サイモンは貧窮《ひんきゅう》し、退学した。

その後、モリスはオメガ化が原因で生徒たちに輪姦され、そのとき、そのうちの誰かの子供を妊娠したが、結局、流産し、オメガでありながら二度と子供が産めない身体になったとか。

その後、成人して再会し、ふたりは恋人として付きあうようになった。

共通の憎しみの相手は、イーサンの父親。サイモンの父親への融資を断ったことが原因で、事業に失敗したからだ。

サイモンにとっては、イーサンの父親は復讐《ふくしゅう》の相手であり、イーサンはその男の憎い子供。モリスにとっても、人生を狂わせた相手として激しい憎しみの感情を抱いている。

この二人こそ伯爵とイーサン殺しの犯人だ——と、尚央は早々に気づいた。ビクターという遠縁ではなく。モリスはアルゼンチンに医療ボランティアで行っていた時期がある。そのときの人脈を利用し、暗殺計画を練ったのだろう。

「——では、ぼくはこれで」

モリスたちに朝食を出したあと、尚央が食堂から出ていくと、ふたりの話が耳に入ってきた。

「あの子、思ったよりもおとなしくて従順だね。オメガというのはそういうものなのかな」

サイモンの言葉にモリスが同調する。

「もともと日系の血を引いているので、伯爵家では厄介者だった。あまり欲がないんだよ」

そう思っているのなら安心だ。

(そうだ……自分への欲はない。でも……ほかの欲はある)

だけど今はそれを見せることはできない。従順に、なにがあっても無抵抗に、そして何も気づいていない振りをしなければ——と思っている。

（でも……よかった……最初に訊かれたとき、イーサンの子ではないと答えておいて）

もちろん万が一にもバレないよう、フィルを出産したとき、担当医が見ていないすきにこっそりと病院のデータを書き換えておいた。

イーサンの遺伝子とは高確率で親子ではない、と出るように。

だからモリスは、あくまでフィルは違う男の子だと思っているようだ。

相手が誰なのか訊かれたとき、イーサンとのことを他人に言いたくないと思った。

ほかの人間に知られると、なぜか彼との愛を汚されたような気になるからだ。純粋な、ふたりだけの秘密。たとえ彼がいなくなったとしても、それを伝えていい相手はフィルだけだ。

伯爵家の莫大な遺産。その本当の相続人はフィルだ。でも今、そのために動くことはできない。

自分もフィルも殺されてしまう。

（がんばらなければ。フィルのために爵位を手にいれる。彼こそ正当な継承者だ。だから————）

尚央は窓辺に立ち、晴れやかな朝の光にきらめく波頭に視線をむけた。

検査を受けたい。フィルの検診の帰り、何度か眼科の前を行ったり来たりした。でも病院の医師は、ほとんどがモリスの顔見知りだ。

この目のことを知られたら、なにをされるかわからない。そう思うと、うかつに眼科のドアをノックすることはできなかった。

まだ今の明るさなら大丈夫。十分見える。でもいつか見えなくなる日がくるかもしれない。

その日が来ることがないように。その日が少しでも遅くなるように。今はそれを祈ることしかできなかった。

フィルのために、ちゃんと自分で生きていけるようにしなければ――。

見えなくなるのなら、なおのことだ。今のうちにいろんな準備をしておこう。モリスに経済的に頼っているままではいけない。

そう思い、しばらくして尚央は、ヴァイオリン奏者としての仕事がないか、ダメ元でいろんなところをあたってみた。

ヒースランドや近郊の街の付属オーケストラ、湖畔のレストラン、パブ、ライブハウス等々、募集を見ては面接に応募するのだが、子持ちのオメガ、学校も出ていない、さらに日系ということで、面接にすらたどり着けないところが殆《ほとん》どだった。

「あなた、オメガでしょう。しかも伯爵家の人間の伴侶なら、わざわざ働かなくても」

職業紹介所に行っても、そう言って断られる。

その日もそうだった。フィルをベビーカーに乗せ、湖畔の横にある職業紹介所に行ったけれど、一蹴《いっしゅう》されてしまった。

（どうしよう……やっぱりオメガだと独り立ちできないのか。ヴァイオリン奏者の仕事は……いくつかあるのに）

コンクールでの優勝を伝えても、アルファかベータならともかく、オメガは発情期もあるし、ましてや乳幼児がいるのに採用なんて無理だと断られてしまう。

（……断られるたび、母さんを思い出す。よく泣いていた、ぼくのせいでうまくいかないと）

子育てをしたくて仕事を探している自分でさえ、断られると心が折れそうになる。演奏家として成功していた母には、本当に辛いことだったのだろうな、と今さらながら申しわけなく思う。

でも産んでくれたから今の自分がいる。

イーサンにも会えたし、こんなにかわいい子供もできた。

だからがんばろう。ヴァイオリンがダメならほかの仕事を探せばいい。

そんなことを考えながらベビーカーを押し、湖畔のショッピングモールをトボトボと歩いているうちに、いつの間にか湖畔の公園に着いていた。

マナーハウスはここから公園を小一時間ほど突っ切ったところにあるのだが、まわりが暗くなっていることに気づき、尚央は「しまった」と思った。

もう十一月なので日暮れが早い。視界が悪くなってきていた。湖が近いことは音でわかるし、何度も通っている道なので迷ったりはしないけれど、急がなければ帰れなくなってしまう。

「なお、なお……ふわふわだよ、ふわふわがいるよ」

公園を急いで歩いていると、ベビーカーのなかからフィルが話しかけてくる。

「ふわふわ？」

尚央は立ち止まってあたりを見まわした。公園に何人か人がいるが、明かりが少ないのでぼんやりとしか見えない。だから、ふわふわというのが何なのかわからない。フィルはなにを見て、ふわふわと言っているのだろう。

「なーお、ふわふわ、ふわふわ、かーいいね、ふわふわ、ふわふわ」

「……っ」

どうしよう、泣けてくる。ふわふわがわからない。まわりが見えない。こんな状態で、この子を無事に守っていくことができるのか。

神さま、助けて。ぼくをどうか助けて――。

ベビーカーの横にひざをつき、フィルの視界から、ふわふわとしたものが見えないか尚央は確かめようとした。

けれどわからない。視界はぼんやりとしてよく見えない。涙でにじみ始め、もっと視界が悪くなってきた。

ああ、歩いている人も街の明かりも、もうはっきりと見ることはできないのだ。そう思うと、胸の底から冷たい空気が抜けていくような絶望感に支配された。

ひどい……。神さま、ひどいよ。この子は、今のぼくのたったひとつの生きる希望なんだよ。

涙がこみあげてきたそのとき、ふっと優しいコロンの香りと枯葉を踏みしめる靴音が前から近づいてきた。

「かわいいお子さんですね、これ、どうぞ」

若い女性の優しそうな声。ハッと手の甲で目尻の涙をぬぐい、尚央は立ちあがった。ほっそりとした女性が手にしていたものをフィルに渡す。

ピンク色のバルーンだった。ウサギの形のシルエットが何となくわかった。ふわふわとしたかわいいものの正体はこれだったのか。

彼女の肩の向こうには、恋人か夫か――長身の人の影がぼんやりと見える。

ふっとその存在を感じたそのとき、なぜか身体の奥が甘く疼いた。何だろう、この感覚。アルファなのだろうか。いや、でもこれまでアルファを前にしても何も感じたことはない。

「ありがとうございます。あの……」

「ああ、私たちは新婚旅行でここに。そのお子さんはあなたの？　とてもかわいい」

「はい……オメガなので……ぼくの子供です」

「まさかお一人で？」

「あ、いえ……ちゃんと伴侶がいます」

笑顔で答えたそのとき、後ろにいた男性が一歩近づき、彼女の腕をひきよせようとする動きがぼんやりと見えた。

機嫌が悪そうだ。嫉妬したのだろうか、それともオメガを嫌悪しているのか——時々、オメガというだけで汚いものでも見るような目を向けてくる人がいるけれど、その男性からも悪意のような、辛《しん》辣《らつ》な空気を感じる。

「あ……では、ぼくはこれで」

尚央は微笑し、ふたりに背をむけると、ベビーカーを押して公園を進んだ。背中に、まだ嫌な視線が突き刺さったような感じがする。

剝きだしの悪感情……とでもいうのか。本当にオメガが嫌いな人がいるのだ。そんな恐怖を感じ、尚央は足を早めた。歩き慣れている道なので、何とか進むことができる。

今日はすっかり遅くなってしまった。モリスが先に帰っていたら、機嫌が悪いだろう。どこに行っていたのか、執拗《しつよう》に訊いてくるだろう。

どこで、誰と、なにを、どうしていたか――ふだんは尚央にまったく興味を示さないのに、外出すると、事細かくいろんなことを訊いてくる。

フィルの散歩でこんなに遅くなるわけはない――と罵られそうだ。

急がないと。そうしてしばらく進んでいくと、ふっと身体の奥が熱くなるのを感じた。

(どうしたんだろう……ぼく)

イーサンがいたときに感じていた疼きと同じ甘い痺れのようなものが身体の奥から湧いてくる。

さっきの男性がアルファだったせい？　こちらを嫌悪するような視線をむけていたのに、オメガの身体はそんな相手でも反応してしまうのか？

同じアルファでも、サイモンには何も感じないのに。どうして――――。

「……よかったね、フィル。ふわふわのかわいいの、もらえて」

夜、寝室にいくと、フィルは楽しそうにバルーンを見あげていた。ベビーベットの手すりに結んでおいたウサギの顔の形のかわいいバルーン。

「これ、好き？」

「うん、かーいい、ふわふわ、かーいい」

そうか、子供はこういうものも好きなのか。もっとおもちゃを買ってあげよう。もっといろいろとこの子と遊ぼう。いつか見えなくなったら、遊ぶことだってできなくなってしまう。

「じゃあさ、今度、おもちゃ屋さんに行こうね。尚央は、フィルといっぱい遊びたいんだ。フィルはなにがしたい？　なにが好き？」

「フィルは……なおのケーキしゅき。ケーキ、ケーキ。あと、もものとろとろもしゅき」

「そうなんだ、女王陛下のサンドイッチケーキと桃のジュレのことだね。わかった、明日も作ってあげるよ。それからなにをして遊びたい？」

「フィルは……カエルさんしゅき。ふわふわ、ぴょんぴょん、カエルさんしゅき」

「え……カエルが？」

「カエルさんのふわふわわもほちいなあ」

カエルのバルーンもあったのか。さっきの女性は、公園の売店で売っていたと言っていたけれど、今度、明るい時間帯にのぞいてみよう。

「あとね、またどうぶつえんいきたい。どうぶつえんのカエルさんもきれーだったね」

動物園……そういえば、ちょっと前に連れて行ったことがある。南米の生き物展というのをやっていたときのだ。南米というだけでイーサンを思い出したから。アルゼンチンにゆかりのあるものを見つけ、この子に少しでも本当の父親の存在を教えようと思ったけれど、アマゾンやペルーの動物ばかりだったので、アルゼンチンのことは何も教えられなかった。でもフィルはそこにいたカエルやヘビがとても気に入ったようで、それはそれでよかったと思ったのだ。

「わかった、今度、また動物園に行こうね。じゃあ、おやすみ」

息子の額にキスをして、寝室を後にする。そろそろ冬がやってくるけれど、この半地下では寒いかもしれない。どうにかしないと。

子供を寝かせたあと、そんなことを考えながら台所で洗い物をしようとしていると、モリスが声をかけてきた。

「……尚央……ちょっと大事な話があるんだけど」

遅くなったことで叱られるのかと思ったが、それではなかった。

「おばあさまが新年に一旦イギリスにもどってくるそうだ。このマナーハウスで新年を祝いたいそうだ。何でも知りあいの夫婦が新婚旅行に来ているとかで、会う約束をしたらしい」

「そうなんだ」

知りあいの新婚旅行の夫婦——まさかさっきの？　いや、そんなことはないと思うけれど。

「尚央……それで今後のことだけど……その前にやはり正式に離婚しないか」

「え……」

「きみに親権は託す。きみが独り立ちできるよう、ロンドンでの仕事も用意した。もちろん養育費その他はすべて用意する」

うそだ。離婚したあとは、フィルと一緒に消されてしまう可能性がある。祖母が帰省するというので、あわてて自分たちを始末しようとしているのだろう。

「わかりました。ただ……少し準備の時間をください」

「そうだね、クリスマスまでにロンドンに行けばいい、まだ少しある。急がなくてもいいよ」

「はい」

といっても、あと一カ月もないではないか。

「それから、さっき、街の教会から連絡があったんだが、来週末、チャリティコンサートでヴァイオリンを演奏して欲しい、と」

「え……ぼくが……ですか？」

突然どうしたのだろう。オメガだからと、いろんなところで断られていたのに。

「コンクールの受賞歴を知って、じきじきに申し出てきたんだ。旅行者の夫婦がきみのファンらしくて。来週からクリスマスマーケットも始まる。これも伯爵家の人間としての大事な務めだ、たのんだよ」

「わかりました。そういうことなら喜んで」

人前でヴァイオリンが演奏できる。久しぶりだ。クィーンストン校にいたときは当たり前のように人前で演奏していたのに、今はひっそりと練習するだけの日々。

イーサンを思って『アディオス・ノニーノ』を演奏したのが人前での最後の演奏だ。あのとき、初めて聴衆の存在を肌で実感した。人が感動している喜びを知ったのだ。またそんな演奏をしたい。尚央は胸がはずむのを感じた。

ああ、フィルにも聴かせたい。そうだ、そのコンサートを最後に、ここから逃げよう。仕事はあとでさがせばいい。このままだとモリスに殺される。フィルも自分も。だからそのときに。

7　アディオス・ノニーノ

「フィル、お利口さんにしていてね。今日は尚央がヴァイオリンを演奏するんだ」

「なーおの、ヴァリオン、だいしゅき。とってもきれー、とってもしゅてき」

ヴァイオリンとまだ口にできず、ヴァリオンというのがとてもかわいい。

「フィルはね、小さいからここで聴いていてね」

託児施設にフィルをあずけ、コンサートのため、尚央は教会の聖堂で音の調弦を始めた。緊張する。うまく演奏できるだろうか。いや、でもちゃんとしたい。

室内は明かりがついているので、ぼんやりではあるが、まだ視力を保つことができている。教会の座席に、ポツポツと人が集まり始めている。

「では、チャリティーコンサートが始まります。今日は、モスクワ国際コンクールの金メダリスト、尚央・ハルフォード・アレンさんの生演奏です」

紹介され、拍手がわくなか、尚央は演奏を始めたが、伴奏者がいないので、無伴奏曲を選んだ。バッハのパルティータとパガニーニのカプリチオーソ。

一曲目、二曲目……と演奏しているうちに、鋭い視線でじっと見られていることに気づいた。

教会の端のほうにぼんやりと見える人影。

この前、公園で会った夫婦だというのが何となくわかった。どうしたのだろう。あの夫婦に気づくと、妙に身体の奥が甘く疼く。

「尚央、次、ピアノを合わせたいと言っている客人がいるんだが」

牧師が話しかけてきた。

「え……」

「あのご夫婦のご主人、きみのヴァイオリンに伴奏をすると」

「でもいきなり」

「ぶっつけ本番でも大丈夫だそうだ。寄付もたくさんしてもらったし、一緒に演奏してくれ。彼がきみに合わせるそうだから」

「は、はい」

わからない。どうしてそんなことに。

小さな教会の聖堂。一体、だれだろう。

そんな疑問が突きあがってきたとき、ふっと聖堂の空気が変わるのを肌で感じた。

背後にあの夫が座ったのだ。やはり彼からの空気に甘い疼きを感じる。アルファだとしても、こんな強い疼きはどういうことだろう。

だが、他のアルファには誰にもこんな疼きを感じたことはない。

曲目はその男性からのリクエストで、サンサーンスの「白鳥」。彼がピアノを演奏し始めたその瞬間、尚央はハッとした。

この音……。

「――――っ！」

教会の中が暗くて、はっきりわからないけれど、まさかあのシルエットは。

イーサン？

いや、でも彼は死んだと……。

それでも音楽に合わせ、尚央はヴァイオリンを演奏した。音を合わせていくうちに、自然と涙があふれそうになる。これはイーサンの音楽だ。イーサンのピアノだ。

まさか生きていたの？　ご夫婦と言っていたけれど結婚したの？

彼がいなくなって二年半が過ぎた。

もう尚央は十九歳になっている。イーサンは二十歳。ああ、彼に会いたい。この目で彼の顔を見たい。でも視界がぼやけてはっきりと見えない。

ただ……音楽でわかる。このピアノの演奏者が誰なのか。

狂おしいほど愛しているひと。生きていたのだ、伝えないと。フィルはあなたの子供だって。一刻も早くイーサンに。

演奏が終わり、拍手のなか、それまで暗く調節されていたライトがカーテンコールに合わせて明るくなる。ぼんやりとした視界のなかで、尚央は長身の男の姿をたしかめた。

イーサンだ、やはりイーサンだ。

心臓が止まりそうなほどの喜び。この奇跡。彼がどうして生きていたのか、どうしてこれまで連絡がなかったのかわからないけれど。

フロアの淡いオレンジ色の照明が、そこに現れた男をやわらかく照らしている。

「……っ……」

イーサンがそこにいる。生きていた。切なくなって涙がこみあげてくる。目のせいなのか、涙のせいなのか視界がぼやけてぐしゃぐしゃしていた。

二人にだけにスポットが当たったように感じる。

それでもはっきりとは彼の顔が見えない。よほど近くでないとわからないのだ。

手の甲で濡れた目蓋《まぶた》をこすり、おそらく二度と見ることがないと思っていたその姿を目に刻もうとしたそのとき――――。

「……っ！」

ふいに尚央の視界が暗くなる。これはまわりのせいではない、自分の病気のせいだ。また一段階、ぼやけてしまうようになった。

怖い。もう本当にまもなく見えなくなりそうで。得体の知れないものに少しずつ身体が侵食されていく恐怖と不安がこみあげてきた。

イーサンと会えてうれしいのに。彼が生きていて信じられないほど幸せなのに、この暗さが怖い。

自分が内側から崩壊し、つぶされそうな感覚とでもいうのか。

ああ、でもイーサンが生きていたのなら、フィルのことを託せる……。

「話がある、少しいいか」

やはりイーサンだ。その声。イーサンに連れられ、尚央は教会の横にあるテラスに出た。


「……尚央、おまえ、こんなところで、何してる」

イーサンが前にいる。生きている。目の前にいて、話しかけてきている。

「イーサン……生きて……いたの」

「ああ、動けるようになったのはつい最近だが」

「さっきの女性は？」

「妻のエリザベスだ」

妻——その言葉を理解するまでに少しの時間が必要だった。あの優しそうな女性がイーサンの妻。

頭が真っ白になり、身体から血の気が引いていく。

「イーサン……結婚したんだ」

「ああ。おまえと同じようにな」

おまえと同じ————。言わなければ。真実を。そう思ったとき、イーサンからでた言葉に尚央の心臓が跳ね上がりそうになる。

「モリスにも会ったよ」

「……っ」

イーサンの後ろにそれまではっきりと見えなかったモリスの姿があった。

「よかった、探したんだよ。フィリップが託児所で泣いていたよ」

モリスが尚央の肩に手をかけ、ほおにキスをしてくる。彼の横には、イーサンの妻のエリザベス。ベビーカーを押している。そのなかでフィルがうれしそうにエリザベスにほほえみかけている。この前のバルーンがうれしかったのだろう。

「尚央、今日はお疲れさま。さあ、帰ろうか。イーサンがまさか生きていたなんてね。これから相続の件で話し合いをすることになっているんだ」

「……っ」

目は見えない。けれどイーサンから冷たい視線を感じる。

いろんなことを知りたい。ここにいるのはあなたの子供だと言わなければ。けれど尚央になにも言わさないようにモリスがイーサンに説明する。

「イーサン、くる途中に説明したように、きみが行方不明になったあと、尚央がオメガだというのがわかって……それで一族にいられないようになったんだ」

「それは何度も聞いた」

イーサンの声が冷たい。背筋が凍りつきそうだ。ああ、でも甘い疼きだけは感じる。つがいの誓いをしているから発情しそうなのだ。でもイーサンがそれをわかっているかどうか。

「それでね、いろんな話をするうちに愛が芽生えて……結婚することになって、フィルが二人の間に生まれた。今はとても愛しあっている」

「まあ、素敵。なんてかわいい子供かしら。ねえ、見て、イーサン、かわいくない？」

尚央はフィルを抱っこした。イーサンの子供だ。

「子供には興味はない」

冷たいイーサンの声に背筋が凍りそうになる。

「尚央、モリスと愛しあって子供まで。それはよかった」

イーサンがそう言って手を差し出してくる。

握手と再会の抱擁。フィルを抱っこした上からイーサンが抱きしめてくる。抱きしめられたとき、耳元でイーサンが囁くのが聞こえた。

「ありがとう、尚央」

ありがとう？　ものすごく冷たい声だった。

「裏切りの罪は重いぞ」

「……っ」

「おまえのおかげで、ここまでもどってこられた。生きる気力が湧いた」

生きる気力？　引きつった顔で目を見開いた尚央の視界に、ようやくイーサンが映る。

至近距離なのでやっとわかったのだ。その冷たい顔。ゾッとするような眼差しに、尚央はイーサンの怒りを感じた。温度を感じさせないような双眸で舐《な》めるように自分を見ている。口もとには、皮肉めいた嘲笑《ちようしよう》がにじんでいる。

「イーサン……」

「ブエノスアイレスで意識がもどったとき、真っ先におまえとモリスの結婚のニュースが目に飛び込んできた。あのときから俺はただおまえたちに復讐するためだけに生きてきた」

「────っ！」

◇◇◇

赤茶けた荒野を吹きぬける風。

イーサンはスマートフォンの画面から流れてくる「アディオス・ノニーノ」──尚央が演奏している音楽にじっと耳を傾けていた。

クィーンストン校のライブ配信を聴いていたときだった。

アルゼンチンの首都ブエノスアイレス。イギリスからは大西洋を斜めに縦断し、たどりついた先──高速道路の途中、ゆるやかに起伏した丘にさしかかったとき、突然、銃を持ったテロリストたちにとりかこまれた。その次の瞬間。

「――――――っ！」

またあのときの夢を見ていた。

翌朝、ベッドで目を覚ましたイーサンは、いまだに自分がイギリスのマナーハウスにいることが信じられないときがある。

壁を這《は》う蟻《あり》の列がいないことも。天窓の明かりしかないビルの半地下から見える曇った空がないことも。

今はもう違うのに、目を覚ますたび、自分は死ぬのかもしれないと思ったあのアルゼンチンでの時間にもどってしまう。

銃を持ったテロリストに囲まれ、別の車に乗せられたあと、それまで父と一緒に乗っていた車が爆発炎上し、谷底に落ちていくのが見えた。

父がどうなったのかわからないまま、イーサンは車に乗せられ、古い建物の地下へと連れて行かれた。身代金と引き換えに助けるという話がもち上がっているらしく、テロリストたちが伯爵家との交渉を始めたらしい。

一体、どういう状況なのか、父が無事なのかどうかもわからない。そんな毎日だった。

目を瞑れば、尚央の姿が思い浮かび、何としても生きて帰らなければという思いが募ってくる。

自分にとって、幸せだと思うことはすべて尚央だった。自分の意思で選んだのも。そして不幸だと思うことも尚央だった。

薔薇の香りでいっぱいの噎せそうな温室。

当初は保護した老犬の世話をしようと、使っていなかった温室に自分のものを運んで秘密基地のようにしていたら、そこに新しい捨て犬まで居ついてしまった。

（あんなことになるとは……）

たいしておもしろくもなかった休暇が、それ以来、イーサンにとってとても刺激的で楽しいものになった。

居ついたのは、かなりの美人で、おとなしくて淋しがりの仔犬——かと思ったら、決して人になつかない野生の仔狼だった。

クールで綺麗な外見なのに、情熱的で激しい性格を隠している。

他人のことは眼中になし。食べることも、人と触れあうことへの気力もなし。

何のために生きているのかさえわからないまま、ただそこにいるというような感じの小さなオスの狼——彼の名前は尚央。

叔父のリチャードと愛人のチェリストの間に生まれた子供だった。

プレップスクールの編入試験は学力試験では満点、面接では情緒がなくて零点という噂を耳にして興味を持った。聖歌隊でも断られたという話を聞いた。

——おもしろい、満点か零点とは……。

身分、知性、美貌、地位、金……なにもかもが人よりも優れているイーサンは、自分でなにかしたいと思わなくてもすべてお膳立《ぜんだ》てされて与えられてきた。

自分からなにをどうすればいいのか。どう生きればいいのかわからなかったとき、尚央に出会ったのだ。

彼はイーサンのピアノの演奏を聴いて感動して泣いていた。その姿に反対にこちらの胸が熱くなったのを今でもはっきりおぼえている。

彼の額に触れると、感情が爆発しているのが伝わってきた。なぜか彼の涙にイーサンの感情が掻き立てられる。切なさ、哀しさ、淋しさ、虚《むな》しさ、やるせなさ……そんなものをイーサンも抱えていた——それに気づいたのだ。

すべてを持っているからこその孤独。自分から求めなくても手に入れられる虚しさ。

（だから……尚央がいないとおれの生きている意味がない。ほかの人間との結婚、子作りなどしたくない。尚央だけがおれのすべてだ）

彼がオメガかもしれないという診断が出たとき、奇跡が起きたのかと神に感謝した。しかし結局、アルファだったが……本当のところどうだったのだろう。

そんなことを考えながら、いかにして脱出するか、いかにして生き残ることを考えていたある日、銃を持ったテロリストたちが現れた。

彼らの話から、テロリストではなくマフィアだというのがわかった。

「処刑だ。身代金は払われないことになった。おまえは本国ですでに死んだことになっている」

そう言われた瞬間、この事故の犯人が親族の誰かだということに気づいた。だとしたら、ビクターかモリスか、あるいはそれ以外か。思い当たる人物が多すぎる。

どうにかしてここから生き延びなければと思うのだが、誰かが自分の死に対してマフィアに多額の金を払っていることがわかり、どうしていいかわからなくなったとき。

奇跡が起きた。イーサンを運んでいた車が事故に遭ったのだ。とっさにイーサンは目の前のラプラ夕川に飛びこんだ。しかし濁流に飲まれ、気がつけば病院にいた。

そのとき、病院で一番最初に聞いたのは、モリスがアレン伯爵家を継ぎ、オメガに変異した尚央と結婚したというニュースだった。

英国有数の貴族で、過日、アルゼンチンで事故に遭って亡くなった伯爵とその長男の代わりに、遠縁のモリスが爵位を継ぐかもしれない。

その伴侶は、伯爵家の養子で、オメガに変異した日系の少年。爵位の相続権を失ったものの、世界的なコンクールで優勝経験もあるヴァイオリニスト。

華やかな結婚式の映像。尚央の身体にはすでにモリスの子供もいるという。

（バカな……。あれからまだそんなに経っていないのに……尚央……どうして）

テレビの画面に映っている尚央を見た瞬間、思わず画面に手をつっこんで、尚央を引きずり出してその腹部の中身を確かめたい衝動に襲われた。

自分が死んだことになっているのに尚央が生きていることが不思議だった。さらに別の男と結婚しているなんて。

それから二年半……どれほどの思いでここにきたのか。

「イーサン、起きているの？」

エリザベスがやってくる。アルゼンチンで知りあった英国貴族の娘で、アルファの女性。病院でボランティアをしていた彼女に助けられたあと事情を説明した。父と社交界で顔見知りだった彼女の父親の支援があったので、イーサンはここまで戻ってくることができた。命の恩人だ。

「モリスが朝食を一緒に誘っているけど」

「今いく」

マナーハウスでの朝食。相続をどうするか。生きていたことでどうなるのか、これから法的な件で話し合いをする予定だ。年明けには祖母も交えることになっている。

祖母はぜひイーサンに相続をと言っているが、一旦、自分は相続を放棄する形をとろうと思っている。あの事件をモリスが仕組んだことなのかどうか油断させている間にたしかめたいことがあるからだ。

「……尚央は？」

食堂に行くと、尚央の姿はなかった。

「ああ、彼は息子のところに。ちょっと体調も悪いみたいでね」

モリスの隣には、サイモン。それから彼の弟。弁護士の彼がいろいろとモリスに都合のいいように仕向けたのだろう。

「尚央とあなたが結婚するなんて想像もしなかったよ」

「学校にいたときから少しずつ親しくなってね。それよりイーサンも素敵な女性と結婚したな」

イーサンの隣に座ったエリザベスにモリスが視線を向ける。

「イーサンとはアルゼンチンで知りあったの。事故のあと、しばらく彼が動けなくて……その上、記憶を失っていて、そのとき、私が病院でボランティアをしていて……」

記憶を失っていた……というのはうそだ。だが、そういうことにしておいた。記憶は失っていなかったものの、起きあがれるようになるのに時間がかかった。それに自分と父を襲った犯人を突き止め、追い詰めるための準備もしたかったのだ。

以前のまま、尚央がクィーンストン校で過ごしているのなら、すぐにでも生きていることを知らせただろう。尚央のことだ、神と慕っているイーサンが死んだと知ったら、荒野でそのまま後を追って死んでしまうかもしれない。だから起きあがれなくても、何としても伝えた。

でも最初に見たのは彼の結婚のニュース。絶対に、生きていることを教えてやるものか――と思った。あれだけしっかり呪いをかけておいたのに、ほかの男と結婚し、子供まで孕んだなんてと激しい怒りにうちふるえた。

（殺してやる、絶対にあいつを許さない。尚央……こんな裏切りはないぞ。幽霊になっても一緒にいようと約束したのに）

こんなに簡単に。こんなにあっさりと。それとも伯爵家の財産が欲しかったのか？　オメガになり、相続権を失ってしまった。だから相続権のあるモリスと結婚したのか？

そんなふうにベッドで怒り狂っていたのだが、イギリスに戻り、尚央とモリスを目の前にし、さらにふたりの子供を見て、いっそう怒りの炎が激しく燃えさかった。

「――それで……イーサン、これからどうするんだ」

「あなたが離婚するなら、尚央を伴侶にする。オメガと子作りしたかったからね」

「え……」

モリスが眉をひそめる。

「祖母から聞いた。尚央と離婚予定だと」

「いやいや、それはないよ。彼とフィルは私のものだ。毎夜、激しく愛し合っている。きみには渡さないよ、イーサン」

すさまじい殺意が湧く。微笑しているモリスのその憎たらしい口に、爆薬でもつめこんでやろうかと思った。いや、爆弾なんて生ぬるい。あっさり殺すのは惜しい。もっと残酷でエグい方法を想像して、後で脳内で楽しむことにしよう。

「イーサン……」

そんなイーサンの怒りがわかるのか、エリザベスがいさめるように手を握ってくる。

大丈夫だ、目的を果たすまではなにもしない。おとなしく、静かな英国紳士のふりをし続けるつもりだ。楽しい復讐はその後でいい。

「では、俺はこれで。長旅で疲れているので部屋で休む。エリザベス、ではまた」

尚央が朝食の場にいないのなら食堂になど来なければよかった。こんな茶番をしているのがバカらしくなってくる。

尚央に会いたい。復讐したい。その一念でここまできた。なのに、尚央はイーサンの顔を見ても顔色ひとつ変えることなく、何度もすれ違ったのに無視した。

オメガになって結婚したことで、もうイーサンなどどうでもいいと思ったのか。それとも子供ができると、人間というのは変わってしまうものなのか。

イーサンが一番だったのに。今では子供が一番なのか。

使用人に尋ね、イーサンは尚央と子供がいる部屋をさがした。

昨日から、二階の部屋に移ったとかで、使用人もよくわかっていなかったが、甘い匂いをたどっていくと、湖の見える場所に子供部屋があった。

扉を開けると、尚央が愛しそうな目で子供を見ていた。尚央があんな顔をするようになるとは。

「イーサン……どうして」

ちょうど息子のオムツを交換していた尚央は、突然、現れたイーサンを見て驚いた顔をした。とても気まずそうな顔をしている。当然だろう、裏切って、別の男の子を産んだのだから。と思うと、また怒りがこみあげてきた。

「それが……息子か」

「あ、うん、子供の顔……見てくれる？」

そいつの顔なら、昨日もこの前も見た……と言いたかったが、あまりに尚央が切なげな眼差しをしているので、仕方なくちらっと子供をのぞき見た。

「あ、カエルのにーに、カエルのにーに」

イーサンを見るなり、子供が砂糖菓子のような甘い声で言う。

「フィル……違うよ、この人は尚央にケーキを教えてくれたおにいさんだよ」

「ケーキ？」

「あ、うん、女王陛下のサンドイッチケーキ……」

「ところで訊く、どうしてモリスと結婚した」

「それは……」

尚央はうつむいた。今にも泣きそうな顔をしている。

「イーサンが死んだと思ったから」

「死んだと思っていたから？　死体が出てないんだ、生きていると思わなかったのか」

「……イーサンならあり得ると思ったけど……でも、伯爵も亡くなったし、イーサンも消えたと」

「なるほど。おれの後を追うんじゃないかと心配した自分がバカに思える」

「そのつもりだったよ……でも」

「なにがそのつもりだ。死人になったとたん、すぐにモリスなんかと結婚して。もうおれのことなど忘れて幸せに暮らしていたんだろ、だから再会しても無視し続けて」

怒りを押し殺したような冷ややかな声しか出てこない。

「無視？　どうして」

「街中ですれ違っても、動物園ですれ違っても、公園でバルーンを渡しても、教会で会っても……無視しつづけたくせに」

「……それは……ちょっと待って。あとで説明するから」

子供が泣き始めた。あわてた様子でオムツを替えたあと、尚央が子供をベッドに寝かしつけている。

(おまえが……オメガだったら、おれが孕ませてやったのに)

あの子供がモリスとの間の子だと思うと無性に腹立たしくなる。殺してやりたいくらいだ。この世のすべてを呪いたい。

たった一人の愛する相手。その相手がほかの人間のものになり、その間に子供ができてしまっているというこの異様な現実が苦しすぎる。

全員、不幸にしてやりたい。そんな思いすら湧いてくる。

「イーサン……ごめん……子供が寝たから……」

尚央が声を震わせている。彼が近づいてくると、それだけで甘い匂いがしてどうしようもない。これはなんなんだ。

「……ここ、静かにしておきたいから」

要するに子供部屋から出て行けということか。

「わかったよ。安心しろ、子供に危害など加えないから」

廊下に出ると、イーサンは冗談めかして言った。

「やめて、そんなことしたらダメだよ」

「本当は殺してやりたいが……」

「子供を？　ぼくを？」

「どっちも」

「どうして……あなただって結婚しているのに」

とっさに後ろにあとずさりかけた尚央の肩をイーサンはすかさず摑んだ。

「……っ！」

唇をわななかせる尚央をイーサンは冷たく見下ろした。どうしたのか、とても嗜虐《しぎゃく》的な気持ちになっている。この男が許せない。別の男の子を孕んだその身を引き裂いてやりたい。

「本気でおれが死んだと思ったのか？」

よくもおれをはめた相手と結婚して子供まで——とまではまだ言えない。

「そうだよ……死んだと思ったよ」

「なのに、なぜ生きている。なぜ生きて、子供なんて」

「……でもあなただって結婚を……」

「そうだ、生きるために結婚した」

尚央の眸からボロボロと涙が流れ落ちる。

「なにを泣く。どうしてそんな顔をする」

「ぼくも同じ……生きるために結婚した……」

「生きるため？」

「……っ」

理由を訊きたかったが、そのとき、尚央は急に苦しそうな顔をしてイーサンにしがみついてきた。

それはこちらも同じだ。

尚央にしがみつかれただけでどういうわけか異様な性的衝動を感じている。

「……ごめ……」

尚央はハッとしてイーサンから離れた。

「どうしたんだ」

「発情期だ。あなたがアルファだから」

「モリスのつがいになったんじゃないのか」

「待って……今はなにも訊かないで……イーサン……ぼくを抱いて」

「嫌だ……と言ったら？」

今すぐにめちゃくちゃになるほど抱きたかったが、少し意地の悪いことを口にしていた。

「……っ……」

泣きそうな顔になりながら、尚央はとても苦しそうにしてイーサンに背を向ける。頭がくらくらする。自分でどうしていいかわからなくなっている。

「すごい匂いだ」

だめだ。たまらなく愛しくなる。ほかの男の子供を産んでいたとしてもどうでもよくなってくる。さっきまでぶっ殺したいくらい憎んでいたのに、こんなふうに目の前で涙を流され、苦しそうにされてしまうと、昔、抱いていた愛しさがよみがえってくる。いや、今も変わらず愛しい。

「ダメだな……好きすぎる……おまえが」

もういい。どうでもいい。ほかの男の子を何十人産んでいたとしても、それでもいい。なんでもいい。とにかく尚央が好きだ。

この二年半の憎しみも復讐心も、会ってしまったらなし崩しになくなってしまう。

何でこんなに愛しいのか。何でこんなに好きなのか。

イーサンは尚央の手を摑み、抱きよせていた。

8　愛の誓い

どうしよう、どう説明していいのかわからない。尚央の頭は混乱していた。

イーサンに会ったとたん、昨日からずっと身体が発情して苦しい。抑制剤がない。イーサン以外に発情しないので、もう薬も持っていない。

「憎しみをぶつけるつもりでいたのに……」

「抱いて、お願い……すべては後で話すから」

「裏ぎった男を抱けと言うのか？」

「イーサン……」

尚央は大粒の涙をぽろぽろとこぼした。

「イーサン……あとで説明する……だから今はどうか」

「わかってる。発情期だろう。別の男に抱かせたくない、だからおれのものにする」

イーサンは尚央を抱きあげると、そのまま最上階に進んでいった。

もともとここは彼の父親が所有していたので、室内のことは尚央よりも詳しいようだ。最上階なんて行ったことがない。

「ここは……ふたりの寝室にするつもりだった」

イーサンが扉を開けると、天井が一面ガラス張りになった広々とした寝室だった。真ん中には、円形のモダンなベッド。ジャグシー付きの浴槽やサウナ……すべて同じフロアで、湖や空を見渡せるような素敵な部屋になっていた。

「ここからオーロラが見える」

見あげると、今は明るい青空だ。でもきっと夜は満天の星だろう。そしてオーロラも見えるのだろう。そう思うと胸が痛くなってきた。

この目はそれを見ることができないのだから。

「ここでたっぷりおまえを愛するつもりだったのに」

イーサンはベッドに尚央を押し倒すと、上からのしかかってきた。

どこか苦しげでいたたまれないような眸が怖い。

初めて知った、こうして至近距離で見ると、怒りを含んだときの彼の眸の色は紫がかるらしい。感情を殺しているときはひんやりとしたブルーグレー。

なんて美しい人なんだろうと改めて思う。さらにこちらを責めるような軽侮の念と突き放すような無情さをいりまじらせた濃密な声の昏《くら》さが愛おしい。

なのにその声が甘美な波となって狂おしく胸を騒がせる。

イーサンが生きていたことへの喜びか。それとも発情のせいか。

身体を抱きしめられ、シャツの下からイーサンの手が入りこんでくる。乳首に触れるその指がなつかしくて肌がざわめく。

「……っ」

とくん、と心臓が高鳴る。その次の瞬間、静かに唇が重なった。

「ん……っ」

押し当てられるやわらかな唇。互いの皮膚をつぶしあうように唇を重ねていく。

なつかしい薔薇の匂い。英国紅茶の香り。それらが息苦しく胸を締めつけ、目頭が熱くなって唇を離すのが怖くなってくる。一瞬でも離れたら、彼に見捨てられそうな気がして怖くてなるほど。

「んっ……んっ」

やっぱりどうしようもないほどイーサンが好きでたまらない。

発情からではない。ただただ狂おしいほどイーサンが好きで好きで好きで……恋しくて愛しくて、どうにかなってしまいそうだと思う。

「あ……っ」

ゆっくりと唇のすきまに沈みこんでくる指先。腰のあたりが痺れるようにふるえた。

「……おまえの唇から……桃のジュレの味がする」

「それは……さっき、子供に食べさせたから」

子供と言った瞬間、乳首に甘い痛みが走った。彼の指がそこを引っ掻いたからだ。

「ひ……っ」

「ここ、まだ母乳が……出るのか」

「どうしてそんなことを」

「さっきからここから蜜のような雫が出ている」

「え……」

シャツを途中まではだけさせた尚央を押さえつつ、イーサンが舌先で乳首を舐めてくる。背筋が痺れたようになり、尚央はあまりの心地よさに息を喘《あえ》がせた。

「ああっ……あっ」

母乳なんて出たことがないのに。イーサンにはそこからうっすらと漏れる蜜を甘く感じるらしい。

「甘い。ここ、感じるのか？」

「ん……っ……すごく……だめ……心地よすぎて……」

「モリスにも吸わせたのか」

「吸わせてないわけがないな、こんなにも甘くて心地のいい乳首を」

「あっ……」

「ここを吸わせて、快感に震えて、孕んで……あの子供にもここを吸わせたのか」

「イーサ……」

「だから、この乳首はこんなにもぷっくりしているんだな」

そこが形を大きくしたのはイーサンのせいなのに。もしかして嫉妬している？　他の男となんて寝ていないのに。モリスとは偽装結婚なのに。彼はオメガなのに。けれどそれを知らないので、イーサンが憤りをあらわにしている。自分だって結婚したくせに……。

乳首を吸う彼の唇の強さ。嫉妬の激しさ。負けず嫌いの彼らしいその荒々しさ。それがたまらなく幸せだった。

いびつな喜びに唇が知らず笑みを形成してしまっている。それなのに眸からは涙が流れている。

彼に裏切りを責められて、誤解されて辛いはずなのに、なぜか心地よくて嬉《うれ》しい。

「……あなたこそ……エリザベスを……っ」

「ああ、抱いた。おまえと違って、弾力のある胸も豊かな腰も……なにもかもやわらかくて心地よかったぞ」

「ひど……」

「ひどいのはお互いさまだ」

「愛して……いるの？」

「……っ」

「ああ」

「――――っ」

ダメだ、涙が流れる。彼がほかの人を愛していることに。

「どうして泣く」

「なら、エリザベスに悪いし……やっぱりこれ以上は」

抱いてほしいけれど、彼の妻のことを思うと、このあとのことを続ける勇気はない。彼女を抱いたと言った彼。愛しているとも言った。

「いい、エリザベスも承知の上だ。どのみち、オメガと子供を作らなければならないんだ」

「イーサン……そのことだけど……っ」

伝えないと……フィルのことを。でも今は無理だ。身体が発情して抑制できない。

これ以上はなにも話ができない。

それはイーサンも同じようで、いつしかふたりとも唇を重ね合わせて無我夢中になって求めあっていた。

「あ……やっ……ああ……ん……やっ」

気がつけば、イーサンが体内に侵入し、尚央の喉からなやましい吐息が漏れている。奥を抉《えぐ》ったあと、ぎりぎりまでひきぬき、また荒々しく深い場所まで尚央を突いてくる。

「あぁっあ、あぁっ」

――イーサンが生きていてここにいる。

こんなにうれしいことはない。こんなに幸福なことはない。

フィルの本当の父親。イーサンに伝えなければ。ちゃんとちゃんと……。

「あ……あっ、あっ、あぁ……イーサン……」

かすれた甘えるような声で彼の名を呼び、その背にしがみつく。

「尚央……」

汗ばんだ前髪をイーサンの手が払い、彼がほおにくちづけしてくる。

かつて彼からされたようなくちづけにも似た優しいキスに吸いこまれるみたいに尚央はまぶたを閉じていた。


それからどのくらい求めあっていたのか。

「……フィルを……フィルのところに行かなければ」

ミルクとランチの時間だ。もう間もなく起きてしまうだろう。

イーサンと寝たことで身体の奇妙な疼きがなくなっている。発情期のときは、つがいの相手にだけ性衝動を感じるというけれど、どうやら本当らしい。

自分がオメガだと気づいてからの初めてのセックス。

三カ月に一度……というけれど、だとしたらイーサンが近くにいたら、三カ月ごとにこんなふうになってしまうのだろうか。

（フィルにご飯を食べさせたら、イーサン……彼に全部本当のことを言おう。そしてエリザベスと一緒にフィルを育ててほしいとたのんでみよう）

「イーサン……あとでエリザベスと一緒にフィルのところにきて。話したいことがあるんだ。ぼくは先に行って、彼を起こして準備をするから、一時間後くらいに」

イーサンに言う、真実を。そして自首する。

もともと祖母がフィルに爵位を継がせると正式に発表したあと、尚央は自首するつもりでいた。

万が一にも、モリスやサイモンがフィルに危害を加えないよう、彼らが犯してきた罪の共犯者という形で――。

（モリスからプロポーズされたとき、罪だとわかっていて、イエスと言った。モリスがオメガであることを黙ったまま、彼が伯爵になろうとしているのを止めなかった……）

そのことを警察で話したあと、養父とイーサンの事件の犯人なので調べ直してほしい、自分は彼らがそれらしきことを話しているのを何度か聞いて録音している、証言する――と。

「尚央、話ならここでできないのか」

「フィルのところで。彼にとっても大切な話だから。必ずエリザベスと一緒に」

「……エリザベスなら、教会のバザーに出かけた。遅くなると言っていたが」

「わかった、じゃあ、教会で話す。一時間くらいしたら、ぼくもフィルを連れて教会に行く」

そうだ、その方がいい。モリスやサイモンがいるこの家のなかよりも。

「尚央……わかった、教会に行ってエリザベスをさがしておく。だけどどうして」

尚央は大きく息を吸って、まだベッドで裸のまま横たわっているイーサンのほおに手を伸ばした。

そして祈るような気持ちで伝える。

「ぼくは……あなたにしか発情しないいんだ。呪いがかかっているせいで」

「え……」

イーサンが目を細める。尚央は静かに微笑した。

「あとで……きちんとした説明をするけど、どうかエリザベスと二人であの子を幸せにして。お願いだから。フィルにきちんと紹介するから」

「まさか……待て、どういうことだ」

「イーサン……伯爵になって……あの子をあなたの手で育ててください」

自分はそのためにオメガとなったのだ——と、今、不思議なほどはっきりと実感した。愛するひとのために。愛するひとが幸せになるために。


不思議だ。イーサンがエリザベスを愛していると言ったとき、一瞬、とても辛かったのに、彼女と一緒にフィルを育ててもらえるのだと思うと、反対に清々しい気持ちになっている。

「フィル……起きた？　きみに紹介したいひとが……」

フィルの部屋のドアを開けた瞬間、尚央はベッドが空になっていることに気づき、蒼白になった。いない、いない、フィルがいない——。鍵をかけたはずなのに……誰が。

「尚央……どういうことだ、フィルに誰を紹介するというんだ」

部屋のすみに人の気配を感じ、ハッと視線を向けるとそこにフィルを抱いているモリスの姿があった。窓が開いている。そこから入ったのか。

「……どうしてフィルを」

「さあ、どうしようか。君次第だよ。尚央、話し合おう。扉に鍵をかけて入ってきなさい」

モリスに言われ、尚央は扉に鍵をかけた。彼の手にはナイフ。フィルの首筋にナイフの切っ先が当てられている。尚央は死にそうな気持ちになった。下手に逆らっては大変なことになる。

「尚央、離婚の話は白紙にしようね」

「困ります。ぼくはもうクリスマスまでにここを出ていくつもりで。一人で生きていこうと」

「その目で？」

冷たいモリスの言葉が胸に突き刺さる。

「……知って……」

「知ってるさ。きみの目がもうあまり見えないことも。イーサンがフィルの本当の父親だということも。でなければ、きみが命がけで守ろうとなんてしないだろう」

「……っ」

「この先、きみとフィルは私の人質だ。きみが警察に捕まったら、フィルはどうなる」

「フィルは……イーサンの子供なんですよ、人質なんて」

「知っている。でも私の子供として登録されているんだよ」

「あなたがオメガだと知られたら……」

「そんなこと……どうにでもできる」

どうしよう、どうすれば。そう思ったとき、モリスの腕のなかで、「ぎゃーっ」とフィルが泣き始めた。しかもおしっこを漏らしてしまったらしい。フィルの下半身はずぶ濡れになり、モリスのズボンや靴がぐっしょりと濡れている。

「うわっ、な、なな、なんだ、黙れ、こいつ。このガキが……よくもっ」

彼がフィルを床に投げつけようとした瞬間、尚央は腕を伸ばし、すんでのところでフィルを守った。

モリスは自分の衣服が濡れたことで激しく動揺している。

そのとき、尚央は彼の足元にナイフが落ちていることに気づいた。モリスは自分が小水をかけられたショックで、思わずナイフを手放したようだ。

「なーお、なーお…こわいー」

フィルが泣いている。尚央はその場にフィルを座らせ、すかさずそのナイフをとった。

——イーサン……フィルをお願いします。

心のなかで彼に話しかけ、尚央はモリスに向かって突進していた。

「————っ」

ぐさっ！　鈍い音とともに手にすさまじい感触があった。殺してもいいと思っていた。けれど尚央のナイフは、彼の足をかすめ、壁に突き刺さっただけだった。

「ぐく……っ、よ、よくもこんなことを」

そこから血が流れ、モリスは呆然としながらも尚央の顔を思い切り強く叩いた。尚央は床に倒れ込んだ。

「う……っ」

耳が痛い。鼓膜が破れたかもしれない。このままだとフィルが殺される。尚央はとっさに近くにあった椅子をつかんでモリスに投げつけた。そのままフィルを抱き、尚央は窓から外に飛びだした。バルコニーから一階まで階段で降りられるようになっている。

「待て、尚央……待つんだ、待ちなさいっ」

後ろでモリスが叫んでいる。多分、あの足では追ってこられないのだろう。

「なお、しゅき、しゅき……なお」

フィルがしがみついてくる。やはりこの子を守れるのは自分だけだ。イーサンに託すまで、一分でも離れてはいけなかったのだ。

そんな思いを抱き、尚央は半地下にある自分の部屋に行き、フィルのおむつを交換すると、ヴァイオリンケースを背負って貴重品の入ったカバンを手に、マナーハウスをあとにした。


イーサンにフィルを渡す。それだけを目標に尚央は公園のなかを進んだ。いつも散歩で歩いている場所だが、その日に限って尚央は歩けなくなってしまった。

空が曇り、あたりが急に暗くなって雪が降ってきたからだ。

どうしよう。こんなに暗かったらなにも見えない。教会に行かなければ。イーサンが待っているのに。エリザベスと二人でフィルを育ててと頼むつもりでいるのに。

あの教会までどうやっていけばいいのか。

「なーお、なーお……」

「フィル……尚央ね、なにも見えないんだ……お願い、道を教えて。教会に行きたいんだ、お家と反対側のほう……いつもお散歩している場所」

「うん……あっち」

尚央の胸のなか、フィルは笑顔で斜め前のほうを指差す。

「教えてね……フィル、尚央に教会までの道……教えてね」

「うん、いーよ」

フィルに誘導され、雪が吹雪《ふぶ》いているなか、公園を進んでいく。帽子をかぶっていたのだが、途中で頭から落ちてしまった。しかしフィルを抱っこしているので拾う余裕はない。

途中で疲れ、時計を見ると、もうイーサンとの約束の時間をかなり過ぎていた。普通にしていても一時間くらいかかる道のりなのに、雪のせいで何倍もかかってしまった。

上空からしんしんと降ってくる雪が髪を濡らしていく。

そうしてようやく湖の前にきたとき、後ろからモリスが追いかけてきていることに気づいた。

「……っ」

あの足音はそうだ。屋敷の使用人と一緒に尚央を探している。このままだとまずい。とっさに木陰に身を隠す。するとフィルが「なお、さむい、なお」とぐずつき始めた。

どうしよう、聞こえるとわかってしまう。幸いにもモリスは別の方向に向かっていった。イーサンたちが昨日まで泊まっていたホテルにいるかもしれない……そんな話をしているのが聞こえてきた。

(よかった……これで大丈夫だ)

雪が小ぶりになり、少しだけ視界がもどってくる。あたりは相変わらず暗い。この季節、イギリス北部は、午後三時半くらいに陽が沈んでしまう。

もうそのくらいの時間なのか。雪が降るなか、暗い湖畔の林を進んでいたそのとき。

「あ……っ」

夜空でオーロラが輝きはじめた。

見える。光が見える。何という美しいオーロラだろう。

真昼のようにまばゆい光。その光のおかげで、尚央の視界は少しだけ開けていた。

美しい雪山が凍った湖の周りを囲んでいる。空には紫に近いブルーのまばゆいオーロラ。イーサンの眸と同じ色をしている。かと思えば、ピンクになったり、エメラルドグリーンになったり、光の層が揺れながら緩やかに色を変化させている。

雪がその色を反射させ、ライトアップされているかのようだ。

そのとき、尚央は目線の先に雪をまとった小さな教会があることに気づいた。フィルの誘導もあり、なんとかたどり着くことができたのだ。しかしバザーは日没前に終わっていた。

もう二時間ほど遅れてしまった。イーサンはいないようだ。

「……フィル……どうしよう……イーサンに会わないといけないのに……」

そう呟いた瞬間、ふっと尚央の耳に透明な湖のように澄んだ声とピアノの音が聞こえてきた。賛美歌だ。切ないまでに美しいラフマニノフの典礼曲――イーサンが歌っている。

最初に温室で聴いたあの曲。もう一度、聴きたくてまた温室に行って――あのとき、感情があふれたようになって、生きている喜び、幸せを知った。イーサンの歌に導かれて。

「尚央……待っていた」

音楽を終えると、入り口に尚央がいることに気づき、イーサンが近づいてくる。そしてフィルに手を伸ばした。

「ありがとう、こんな素晴らしい息子をこの世に誕生させてくれて……」

「……っ」

気づいてくれた。自分の子供だと。

胸が痛くて、でもあたたかくて、ぽろぽろと大粒の涙が流れ落ちる。ああ、何も言わなくても、彼は気づいてくれた。それがあまりにもうれしくて。

「フィル……彼……きみのパパだよ」

「パパ、パパ？」

わかるのか、イーサンの手がフィルに伸びると、フィルもイーサンに手を伸ばした。そのままイーサンはフィルを尚央ごと愛しそうに抱きしめた。

「どうして……わかったの」

「おまえが生きていたからだ」

「え……っ」

「おれが死んだことになっているのに、おまえが生きていることがおかしいじゃないか。おれは尚央の神だぞ。尚央のくせに、神が死んだあとも生きていられるわけがないだろ」

「イーサン……」

その尊大な言い方が彼らしくて、ああ、本当に生きて帰ってきたのだという喜びを実感する。なによりも自分のことを本当に彼がとてもわかってくれ、言葉にしなくても信じてくれたことがうれしい。

「でも生きていた。それはこの子のためだな？」

「……っ」

尚央は声にならない声で咽びながら、「うん」とうなずいた。

「おれもバカだな。モリスなんかにおまえが抱かれるわけがないのに。モリスなんかに孕まされるわけがないのに。おれ以外に、おまえが肌を触れさせるわけがないのに……おれはありえないほどバカだ。めちゃくちゃ嫉妬して、モリスをどう処刑するか、それぱかり考えていた」

自虐的に言うイーサンの言葉が彼らしくて胸が高鳴る。

「そうだよ……普通に……考えたら、わかるだろ。ぼくに……呪いをかけたのは誰なんだよ」

どれだけ尚央がイーサンを好きなのか。世界のすべてなのか。ちゃんとわかっている上にさらに保険のように呪いまでかけて……。

「普通になれなかった。おまえが好きすぎて、頭がおかしくなっていた。いや、今もおかしいけど。でも気付けてよかった、この子の親が自分だと」

「本当だね」

「ありがとう、この子を守ってくれて」

尚央ごとフィルを抱きしめたまま、イーサンがそれぞれのほおにキスをしてくる。

「……っ」

尚央は手のひらで口元を押さえた。

「おれもそうだ。おまえと結婚するためだけに生きてきた。おまえ以外、なにも必要ない」

「でも……エリザベスは……」

「ああ、金で雇った妻という名の有料高額ボランティアだ。アルゼンチン男と駆け落ちして、あっちで捨てられ、親に合わせる顔がなかったというので、互いに利害関係一致のパートナーとして、契約結婚することにした。おれのおかげでエリザベスは安心して両親の元に帰れた。このあとは、おれの浮気が原因で離婚というシナリオだ」

ああ、そうだったのか。エリザベス……ありがとう、イーサンに協力してくれて。

「彼女を抱いたことは……一度もない。キスもハグも……握手もない。おまえの反応が知りたくてあんなことを言っただけだ」

ああ、とてもイーサンらしい意地悪だ。本気にしてショックを受けた……と責めるのはやめておこう。それも愛の現れなのだと思って。

「あっちで生き返ったとき、一瞬、もうおまえが死んでいると諦《あきら》めた。だが、生きていた。生きてモリスと結婚し、子供を産んでいた」

「……」

「理由は簡単だ。昨夜から今朝までの間に、説明を受けなくても真実がわかった」

「イーサン……」

「おまえにとって神はおれだ。神の子を宿したから、モリスと結婚した。あいつは大工のヨゼフのようなものだ、と」

「……」

すごい、すべてがわかってしまうのだ、彼には。ああ、何か言わなければ。そう思うのだが、身動きすることができず、代わりに涙がこぼれた。

「おまえがオメガになってよかった」

「……あ……」

「尚央……この子は今日からおれの子供、そしておまえが母親だ」

胸が痛いほど締めつけられ、身体が動いていた。

「……イーサン……」

尚央も同じようにその背を抱きしめていた。こみあげる嗚咽《おえつ》をこらえようととっさに息を止める。

「……尚央」

大粒の涙をぽろぽろとあふれさせる尚央をイーサンはさらに愛しげに抱きしめた。

「パパ、なお」

「なおじゃない、今日からママと呼ぶんだ、フィル、いいな」

そうイーサンが告げると、フィルが尚央にしがみつき「ママ、ママ、だいしゅき、フィルそうよびたかったの」と泣きそうな声で囁く。そんなフィルの声がたまらなく愛しい。

雪がはらはらと空から待ってくる。

夜空にはオーロラ。約束の場所。約束の風景がそこに広がっていた。

いつか見たいねと約束した。恐竜伝説の湖の上空を覆うオーロラ。奇跡的に、ごくごく稀にここからでも見えるという。その奇跡の光が尚央をここまで導いてくれた。

どっと涙がこぼれ落ち、尚央はイーサンの背にまわした腕にさらに力をこめた。

なつかしいこの背。いつもかきいだいていイーサンの背中。前より少したくましくなった。

当然か。今、尚央は二十歳。イーサンは二十一歳なのだから。

しっかりと自分の腕に伝わってくる彼の感触に、これが夢ではないのだと実感する。

「病院で死にかけていたとき、湖の中で何度もおまえと会った」

「湖の？」

「おまえが手を伸ばすんだ。湖の底に沈んで行こうとするおれに、行くなって」

「あ……」

また涙があふれてきた。

同じ夢を見ていた。あなたもぼくの夢の中に存在していた……と伝えたくて。

「う……っ……」

だめだ、なにも言えない。同じ夢を見ていたって言いたいのに。

「あ……っ……っ」

伝えたいのに。ふたりが本当に魂で結ばれていると。それなのに泣きながらイーサンにしがみつくことしかできない。

「二人、いや、三人で生きていこう」

彼の腕にさらに力が加わり、骨が砕けるかと思った。しかしそれは最高に心地よい、幸せを実感できる痛さだった。

「エリザベスとは離婚する。その後、結婚してくれるな」

「でもぼくは」

「モリスとの結婚は無効だ。彼はオメガだったんだからな」

イーサンは冷たく吐き捨てた。

「そう……だからぼくも罪を」

「おれがすべて丸く収める」

「イーサン……」

「おれを誰だと思っている。帝王、神と呼ばれた男だぞ。おまえと息子を守るためなら、何だってする。すべてをうまくしてやる。いいな」

◇◇◇

「おめでとう、イーサン。あなたの執念勝ちね。子供のころからの夢を叶えた気分はどう？」

タキシードを身につけ、教会の控え室で髪を整えているイーサンに、祖母が後ろから声をかける。今日の日のために療養先のモナコからもどってきたのだが、孫二人の結婚式を心の底から喜んでいるようだ。これからはずっとこっちで暮らすらしい。

ふたりが再会した場所——恐竜伝説のある湖のほとりの教会で、その日、イーサンは尚央と結婚式をあげることにした。

「それにしても、よく成し遂げたわね。サイモンとモリスの犯罪を暴いて殺人罪で逮捕させるなんて。息子も少しは浮かばれたらいいんだけど」

「ええ。父には伯爵としての自覚や仕事のことなど、もっと教えて欲しかったこともありましたし、孫のフィルも抱かせたかったです」

モリスと尚央の結婚は、オメガ同士ということで無効となった。尚央の罪はモリスに利用されたとして不問に付された。尚央をおどしていたのだから当然だろう。

（あとは……尚央の目だけが心配だったが……）

先天性の病気らしいが、出産したことで悪化したらしい。モリスに気を遣って眼科に行けなかった話を知ったときは、刑務所を爆破してやろうかと殺意を覚えたが……それよりも治療を優先させようと、イーサンは必死になって最先端の医療をほどこしてくれる病院をさがした。おかげで今、少しずつ彼の視力は回復してきている。

「では、今から尚央と結婚します」

今、イギリスは一年で一番美しい季節だ。かつて二人が愛を確かめあった復活祭の季節。その晴れやかな春、イーサンは尚央と結婚式をあげる。

教会の周りには果樹園の果実がみのり、美しい花が咲き乱れ、湖にはあたりのエメラルドに似た緑がうつしこまれている。

彼の視力のことも考え、教会の聖堂ではなく、玄関から湖に続く庭園に仮設の祭壇を造ってそこで結婚することにした。

燕尾服を身につけたイーサンと白いタキシードを身につけた尚央。今日の彼は誰にも見せたくないほど愛らしい。

「尚央、これからはずっと一緒に生きて行くから」

その手をとり、祭壇へと向かう。薔薇のアーチが設えられ、そこを抜けた先に祭壇があり、聖歌隊のような格好をした可愛いフィルが待っていた。

ここで愛を誓う。ふたりで。白いテーブルには、ウェデングケーキの他に、桃や苺のジュレ、スコーンとクロケットクリーム、サンドイッチ。愛を誓ったあとは三人で食事を食べながら、楽しい時間を過ごそう。

ふたりで祭壇に向かっていると、エリザベスがやってきた。

「おめでとう、三人の写真撮らせて」

現在、エリザベスは別の男性と婚約している。新しい彼氏がカメラマンなので、写真担当としてきてくれたのだ。

三人の写真――二人の真ん中で幸せそうに笑っているフィル。尚央の肩に手をかけて微笑んでいるイーサン。そして誰よりも幸せそうに笑っている尚央。

この日をどれほど待っていたか。イーサンは幸せな気持ちで愛しい彼を見つめた。

背景には湖と祭壇。薔薇のブーケ。おいしそうな果実のかご。ウェディングケーキ。

幸せな三人の姿をまばゆい初夏の日差しがこれ以上ないほどキラキラと輝かせていた。

あとがき

　お手にとって頂き、ありがとうございます。今回はイギリスを舞台にした溺愛攻イーサンと健気一途受・尚央《なお》の王道オメガバース。表面は最高なのに、中身は尚央が好きすぎて心が狭い残念な攻を目標にしましたが、いかがでしたか？　イーサンの振り切れた感じ等々、なまあたたかく見守って楽しんで頂けていたら嬉しいです。

　イラストは八千代《やちよ》ハル先生に描いて頂きました。以前にもご一緒したことがありますが、その時も今回も、甘さと愛らしさとやわらかさに思わず触れたくなるような主人公と子供ちゃん。そして綺麗でかっこいい攻。とても嬉しいです。ありがとうございました。担当様、関わってくださった皆様、感謝の言葉もありません。大変な時期に本当にありがとうございました。

　そしてここまでお読みくださった皆様にありがとうございます。おバカなほど一途な二人の姿、微笑ましい気持ちで読んでいただけていたら幸いです。よかったら感想など教えてくださいね。

CROSS NOVELS をお買い上げいただき
ありがとうございます。
この本を読んだご意見・ご感想をお寄せください。
〒110-8625
東京都台東区東上野 2-8-7　笠倉出版社
CROSS NOVELS 編集部
「華藤えれな先生」係／「八千代ハル先生」係

CROSS NOVELS

カーストオメガ 帝王の恋

著者

華藤えれな

2020 年 7 月 23 日　初版発行　検印廃止

発行者　笠倉伸夫
発行所　株式会社　笠倉出版社
〒110-8625　東京都台東区東上野 2-8-7　笠倉ビル
［営業］TEL　0120-984-164
FAX　03-4355-1109
［編集］TEL　03-4355-1103
FAX　03-5846-3493
http://www.kasakura.co.jp/
振替口座　00130-9-75686
印刷　株式会社　光邦
装丁　河野直子（kawanote）
ISBN 978-4-7730-6040-9
Printed in Japan